瑪嘉烈与大衛的蒼蠅

竊聽戀人風雲

林夕

上次南方舞廳的《瑪嘉烈與大衛的最初》據說反應大好，於是隨即有二部曲火速推出。本人於是也一推再推。

這次暫時不再講瑪嘉烈與大衛之間的故事，改為兩個人的對談錄。對談錄是嚴肅說法，「情人講數實錄」、「偷聽戀人絮語」、「床下底聽回來的情人閒偈」、「竊聽戀人風雲」，應該更加精彩。

所謂談戀愛談戀愛，其實一對情人閒談的題目不只是戀愛，又不是告白階段或告別關頭。那麼談戀愛的人都在談甚麼？每對人不一樣，每個人因應每次對象不同，又會自動作出調整。有趣的是，同一個無關戀愛的話題，由普通朋友說來，跟情人大有分別，你還會判斷出，這兩個人的關係狀況。

可是，除了自己親身經驗，作為旁觀者，看別人表面的打情罵俏或針鋒相對多，為著面子的原因，人家背後只剩下二人相對時，其實都在講些什麼情話鬼話謊話調皮話？最肉麻的最曖昧的最刺激的最無聊的，誰真正聽過不同情人組合的私房話？

所以，這部《瑪嘉烈與大衛的蒼蠅》，最過癮的讀法，就是想像南方舞廳把自己珍藏在回憶裡的私密對話公開，或者，想像用儀器一路竊聽瑪嘉烈與大衛的情話。

又據說，最初起名《瑪嘉烈與大衛的床頭》，不過，情人對話勝地不限於床頭，話題也會隨地點環境而變，唯一獨有的特色，就是像蒼蠅嗡嗡嗡嗡嗡嗡，非外人所能竊聽，所以最後正名為《瑪嘉烈與大衛的蒼蠅》。螳螂面對蟋蟀，迴響也如同幻覺，讓我們這等螳螂與蟋蟀，在南方舞廳泄密下，聽一聽蒼蠅是如何溝通吧。

am
00
57

3:21

04:30
04:30

am
00
57

永遠不會知道你看的是否最漂亮，
可能你眨眼的一剎那，那才是最漂亮。

01

北極光

陪我說話。

你想說甚麼？

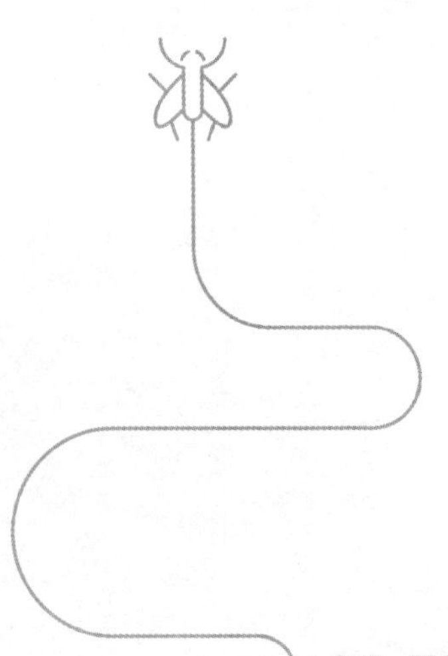

00:57

聽說今年的北極光最漂亮。

我去年也聽說去年的北極光最漂亮，銷售伎倆對不對？

像每年的大閘蟹都最爆膏一樣。

你可不可以浪漫一點？

我本身是很浪漫的，但也是一個精明的消費者。

錯過了，不知等多久才會有這麼漂亮的北極光。

這些天然現象究竟有甚麼吸引？我常常不明白，看過了又怎樣？

嘩嘩嘩，然後拍照，很美很美，再然後呢？

不是任何事情也有然後的，體驗過，便是回憶的一部分。

天然現象，可一不可再，知道大自然的偉大，就會發現人類是如何渺小。

這些大自然奇景，應該和情人去看，和你去看，我會覺得北極光的價值會大一點；

但是和你一起，看甚麼，不看甚麼又好像沒有所謂。

為甚麼你不可以獨立的一點去看世界？一個人看自有一個人的體會。
我看世界有我的方法，我相信不看大自然，世界還有很多智慧可以發掘；
不是因為你，我根本沒有興趣接觸大自然，大自然應該感謝你，
你令它們多了一個用家。戀愛是這樣的，都是擴闊視野的一部分。
我是不會勉強你的，不看便不看吧，錯過的是你。
才不會，要本身想擁有那件事而得不到才算錯過。
那麼，你是不會和我去看北極光，對嗎？過了今年，真的沒那麼漂亮呢。
北極光還未滅絕，今年不去，明年、後年一樣會有，一定要看到最美麗的嗎？
再說，能否看到最美的北極光，氣候、時間、方位都很重要，要看緣分。
有機會放在面前，當然要把握機會看最漂亮的。
永遠不會知道你看的是否最漂亮，可能你眨眼的一剎那，那才是最漂亮。
你很掃興呢。

你有錯過了甚麼如現在幻想着自己會錯過的北極光般惋惜嗎？

好像沒有。

你沒有錯過生命中如北極光的人嗎？

人當然遇過不少，但是沒有錯過不錯過的，如你說，

要本身想擁有那件事而得不到才算錯過，可能我不想擁有他們，

他們也不想擁有我；至於牽不牽掛，過了一段時間便無牽無掛；

但甚麼是如北極光的人？

看過之後，一直牽掛的人，萬中無一，罕有非常；有時他們停留一會兒，

有時停耐一點，總之他們停下來的時候，你的人生像給北極光籠罩一樣。

那麼你又有沒有錯過呢？

北極光是不會停留的，用心看過，也不枉了。

我算不算是北極光？

◉ 當你離開之後，我會把你撥入北極光類愛人，而且排第一名，好嗎？

○ 那誰是第二、第三、第四？

◉ 沒有，你是唯一的北極光。

瑪嘉烈這一晚失眠，睡不着的時候最喜歡和大衛Pillow Talk。

00:57

瑪嘉烈覺得大衛是故意的，因為無論日後她會和誰去看北極光，她也會想起大衛，一個把她歸類為北極光情人的前度愛人。

找個可以和你終老的人固然是難，
但連找個偶像一起老去也押錯注，真叫人沮喪。

02

譚詠麟

陪我說話。
你想說甚麼？

00:57

你最喜歡譚詠麟的歌曲是甚麼？

為甚麼是譚詠麟？

譚詠麟有甚麼問題？

譚詠麟以前沒有問題，我也有聽他的歌、買他的唱片、看他的演唱會；只是現在有時分不清譚詠麟和阿叻。

至少他未死，你看他的歌迷多開心，還可以跟他一起唱《愛情陷阱》。喜歡 Leslie、梅艷芳、陳百強那些歌迷只能上 YouTube 見。

對，譚詠麟最大的好處就是長命，你看他的耳朵，大大隻，一定長命百歲，好事來的。找個可以和你終老的人固然是難，但連找個偶像一起老去也押錯注，真叫人沮喪。早知繼續迷譚詠麟，簡簡單單，為甚麼要喜歡一些短命的？

選擇喜歡甚麼人某程度上是命來的，不由自主，好像體內的因子早有一個系統安排你會喜歡甚麼。

為甚麼你喜歡藍色不是橙色？為甚麼喜歡達明一派而對 Beyond 無感覺？不能解釋。有些人注定會令你傷心，也無可避免地戀上。

雖然如此，但是我仍然以喜歡陳百強、張國榮為榮。快樂的人生當然是好，但是有些缺陷，人生會立體也真實一點。永遠不老，永遠停留在最好的時光。

或者挑個年紀比自己小的去喜歡，例如現在開始迷鄭俊弘。

等同那些花甲老翁找個十八廿二的去結婚？

道理一樣。

這是目標為本的喜歡，不是真心的喜歡。想找個人結婚所以去戀愛，通常失敗。

誰說的？不知幾多人因為徵婚所以嫁得出，而這只是條件的一種。

為甚麼你用「嫁得出」這三個字？性別歧視，男人不徵婚的？

我只是想說目標為本，不一定找不到真愛。

那是有條件的愛。

有條件有甚麼問題？真的靠緣分天定嗎？就算天幫你預有一段姻緣，也要很多人做的成分才令那段姻緣變真。

只看外在的條件，符合了便以為找對了人，但原來靈魂溝通不到。

這個人對我好，令我開心，肯結婚，極其量喜歡吃同一款壽司，已經覺得是天生一對；說真的，大部分人都沒去到靈魂那麼深的層次。

就算列出了好多條件，到最後你去選擇的人可能一項也不符合，因為他好像有魔法把你攝住，無能為力。

這是一件危險的事，要選一個對你好的人啊。

所以你當選。

那麼，我們的靈魂能溝通嗎？

你最喜歡譚詠麟的歌是甚麼？

……那首

期望每朝早　起身一吻紅的臉

睡在你旁邊的時候，有時也會想起這歌。

其實我不明白，為甚麼還未睡醒，臉會紅起來？天氣乾燥嗎？

還是在發綺夢？歌詞都不合理的。

你最喜歡譚詠麟的歌又是甚麼呢？

左麟右李呀。

重口味，重口味。

瑪嘉烈這一晚失眠，睡不着的時候最喜歡和大衛 Pillow Talk。

00:57

譚詠麟的歌曲之中，瑪嘉烈最喜歡的就是《愛是這樣甜》。

你寧願揀大半生在愛海浮沉，
為了得到一個可以和你終老的人，而我則寧願老來沒有伴
都想在人生最豐盛的時候談完所有戀愛。

03

冷不防

陪我說話。

你想說甚麼？

00:57

如果你的終身伴侶只可以陪你二十年，你會想她在你四十歲時出現，六十歲時離開，還是六十歲時出現，八十歲時離開？

這真是一個一百萬的問題……要深思一下。

六十歲時開始變孤獨老人，還要孤獨好一陣子，

八十歲的話都已經聞到棺材香，沒有甚麼所謂吧；

但是六十歲才遇到命中所愛，那之前的日子怎麼過呢？很難抉擇啊！

我比較容易決定，女人總想在自己最好的時候遇上最愛的人，

你們男人年紀大一點叫有味道，女人叫人老珠黃，愈早遇到命中注定那個愈好。

六十歲？我不是柯德莉夏萍，再沒本事叫男人喜歡我。

黃昏之戀也不是不可能，你六十歲，喜歡你的可能七十，大家都眼花花，

到時候可能人家會喜歡你的智慧呢。六十歲之後回復單身，

對女人來說不是更可憐嗎？

六十歲之後可以找愛情以外的寄託，
四十至六十應該是人生最精彩的廿年，戀愛在這個時候發生最好。
年輕時那些戀愛，沒有結果也有它的好處，三十歲開始愛，愛過十年已經悶，
變成了感情，無可奈何，半推半就的繼續走下去。
那你又不覺得四十歲已經開始老了嗎？
看回以前的照片，青春是青春，但沒味道，還是現在比較順眼，
多少少魚尾紋還是可以應付的，何況我還未到四十，我對自己有信心。
不知道呢，我可能揀六十至八十，可以有人一起終老，
到底都是一件重要的事情，我對青春少艾沒有幻想的，
現在也不會喜歡妹妹仔，老了也不會。
你寧願揀大半生在愛海浮沉，為了得到一個可以和你終老的人，
而我則寧願老來沒有伴都想在人生最豐盛的時候談完所有戀愛。

總是覺得六十歲之後便孤單一人對女人很殘忍。

不殘忍，都說六十之後找其他事情做，學太極、織冷衫、養魚、種花，很多事情可以做，陪睇醫生那些，找個家傭幫忙便可以；孤單這件事早點習慣好。我可沒有能耐等到六十歲才找到終身伴侶，要你等到六十歲才遇到我，你等到嗎？

等到六十歲可以和你過最後廿年，當然值得等啦，兜兜轉轉兜多久也願意，肯定等到的是你便可以。

我們那麼認真的討論，實在伴侶甚麼時候來，甚麼時候走，可以預知便好了，好歹有個預算，但總是冷不防的來，冷不防的走。冷不防明天睡醒了，忽然過了廿年。

那我們豈不是要分開？

不會，四十至六十你遇上我，六十至八十我遇上你。

終身伴侶究竟甚麼時候才會出現？也許只有上天才有答案，認真對待每個愛人情人才不致錯失在世間相遇的唯一緣分。

怕受傷害便會過着半飢半飽的人生，
一生也未飽過地死去，飽滿地死於非命，
你選擇哪一種？

04

一隻蚊

陪我說話。
你想說甚麼？

為甚麼蚊咬完人之後，還要在人的耳邊擾攘？

因為蚊未夠飽，想添食。

這麼無聊的問題，為甚麼你會答？

這問題一點也不無聊，昆蟲學，也是心理學。人類也是這樣的，得些好意不回首，賴死不走在等候下一次有甜頭的機會。

我在賭場贏了錢便會收手，沒有甚麼貪念。

金錢只是欲望的其中一種，你控制到金錢欲未必控制到食欲。

我也控制到食欲，想到要減肥便甚麼也吃不下。

不要扮有自制能力，你追劇時追完一集又一集的時候是和那隻蚊沒有分別的。

追劇是有需要，不是欲望。

有需要是對的，不能半途而廢，但可以每天看一集，
一次過通宵看完就是給電視劇控制了你的欲望。
就算是這樣，又有甚麼不好？只不過是電視劇，再說，
就算是因為得到了甜頭，享受過一下的美滿，想再追求下去又有甚麼問題呢？
你這個問題也問得很好，但你有沒有看見蚊的下場，多數都是死於非命的，
就是因為不懂見好即收，人應該比蚊聰明，避免自己受傷害。
怕受傷害便會過着半飢半飽的人生，一生也未飽過地死去，
飽滿地死於非命，你選擇哪一種？
甚麼叫做飽？肚會飽但是欲望不會飽，買完 Toyota 要買寶馬，
買完寶馬要買林寶，得到一天就想再一個月，得到一個月就想一年，哪有盡頭？
人總要有目標，目標是進步的原動力，做甚麼也會受傷害，
甚麼也不做也不會幸免。

總要知道有些事情是不能強求太多，知道甚麼叫足夠。

例如甚麼？得到少少愛之後便離開？

得到少少愛便學習如何在少少愛的基礎上令自己滿足。

如果對方要繼續愛你，都不要嗎？

不是說不要，是到了有一天發覺對方不再想給你供血，便不要勉強，要靠吸過的血去維繫那一段關係，否則很容易一拍兩散。

不贊成，愛和血不同，愛是可以無止境的。

理論上是對的，但不是人人都遇得上。

也不是人人都會變成蚊的。

就算變成蚊，也是做一隻不纏擾的蚊。

沒有蚊是不煩人的。

如女人一樣？

蚊其實有點像撲火燈蛾，追逐所需，不理生死，
這是一件蠢事，但誰能說牠們不快樂？
不顧一切得來的快樂如在香腸上加上茄醬和芥辣，盡情。

出軌是一件平常事，最緊要面對自己，有人上過你的心，一定比上過你的床更難忘，你和我沒有分別。

05

心在動

陪我說話。

你想說甚麼？

00:57

有沒有試過同時喜歡兩個人？

劈腿？

之類。

嗯……一段很短的時間。

多短？

大概是一個星期。

那麼浪漫？

不浪漫的，甚麼也沒有發生，只是對另一個人產生了好感，這個感覺很奇怪，

我明明很愛我當時的女友，為甚麼我又會被另外的人吸引呢？

持續了一個星期左右，直至見不到那個人，感覺便消失了。

甚麼也沒有做過？

沒有，只是傾偈，一班人吃飯。

那是暗戀，不算劈腿。

一個有女朋友的人對另一個女性產生好感，怎麼說都是不應該發生的事情，但是自自然然就發生，沒有出軌的行動，卻有出軌的感覺。

精神出軌，好過肉體出軌吧。

你覺得是？你寧願我心裏有其他人也不想我和其他人上床？

照道理應該是。因為你心裏有沒有其他人，我是不會知道的。

我寧願你和其他人上床，也不想你心裏有其他人，肉體的歡愉可能一次半次，心裏喜歡會一發不可收拾。

到時候你不會這樣説。你的產生好感也沒有一發不可收拾。

未至於放在心裏，但我對那次的經驗歷歷在目，為甚麼我會這樣的呢？

但是，又有一點開心，原來我可以這樣。

你想自己精神出軌還是肉體？

◉ 兩樣也不想，因為我會覺得內疚。

○ 也不需要放在心裏，小兒科的出軌，我相信很多人都試過。

◉ 你試過嗎？

○ 試過，同時間和兩個人戀愛。

◉ 吓？你一定很討厭你的情人才會一腳踏兩船。

○ 如果我討厭那個人，我就跟他分手。只是抵不住誘惑，和買鞋一樣，左腳穿了一隻，預備穿右腳，眼角發現另一雙也不錯，於是右腳試穿另一隻。

◉ 不辛苦嗎？經常要講大話。

○ 這是最難的一部分，因為我的記性不好，不過我也處理得不錯，對方一直都不知道我的右腳在試穿，直至我決定要右腳才跟他分手。

◉ 我不明白為甚麼可以這樣？

○ 青春有限，希望用最少的時間找到適合自己的一雙鞋。

好像很理所當然的樣子。你現在還會不會試穿另一些鞋？

告訴你不會，你信不信？

你說，我就會信。

出軌是一件平常事，最緊要面對自己，有人上過你的心，一定比上過你的床更難忘，你和我沒有分別。

我沒有行動。

你的心動了。

甚麼時候變得那麼有深度？

一向如此，你要多了解我。

瑪嘉烈這一晚失眠，睡不着的時候最喜歡和大衛 Pillow Talk。

人不會永遠一心一意，終究有一剎那會為其他人動心，動心沒有發展為變心，我們便可以繼續享受被蒙在鼓裏的幸福。

不會消失的，再想起，
再見的時候感覺不到自己的情緒有起伏便算成功戒掉了。

06

戒不掉

陪我說話。
你想說甚麼？

00:57

你試過戒掉某些陋習嗎？

應該沒有，沒有刻意的要戒，只是自然流失。

例如是甚麼？

講粗口。

吓？你講粗口的嗎？

以前經常講。

為甚麼呢？

講粗口沒有為甚麼，沒有人有目的地講粗口，是自然的情緒表達。

你要表達甚麼情緒？

你不說粗口是不會明，未必是因為憤怒，有時遇上一些很過癮、很出色的事情，加個粗口字，層次是會提升的，例如：好好食和好忍好食，那個好食的程度是有所不同的，好醜和好忍醜，醜的程度也不同。

為甚麼後來又不說？學多了形容詞嗎？

不知道。有一天，在街上聽到有人講粗口，

然後發覺自己好像很久沒講過那些字，原來不知不覺中和粗口保持了一段距離。

之後再沒有說？

沒有，如粉筆字抹走了。

你現在會怎樣形容好忍好食？

好好食。

好好食和好忍好食的程度又相同嗎？

我和好忍好食已經沒有了當初的連繫和共鳴，所以不能比較。

那真的不算戒，戒是要控制自己的欲望，要經過掙扎。

又不一定，戒可以放低便放低，沒有掙扎，只是從此說再見，

不會再重拾那件事。

我的戒和你的戒不同，不經過內心鬥爭不算戒，而且要戒的都是於己不好的。

你又戒過甚麼呢？

戒一個人。

戒甚麼人？

會令人上癮的人。

那麼可怕？戒得掉嗎？但怎樣去衡量你已經成功戒掉那個人呢？

不被他影響自己的生活、決定，就算戒了。

不會再回來嗎？

會的，只是不會再因為那個人而令自己不快樂。

都算戒？

算，不會消失的，有時會再想起，

再見的時候感覺不到自己的情緒有起伏便算成功戒了。

戒的過程辛苦嗎？
不辛苦，反而享受那過程。心像有螞蟻咬一樣，
能夠壓抑得住會很有成功感，不過，感覺又回來的時候，
會十分沮喪，覺得自己很無能。就算你再說粗口也不會 feel bad，對不對？
因為根本粗口是無關痛癢的事情，你戒不戒也不會有很大影響。
但當那個人、那件事在生命佔有一個重要席位，
但又於你有害，不得不戒又戒不得是一件很糾結的事情。
很多人對香煙都是這種感覺，想戒又戒不得。
只是和香煙糾結，這是一件幸福的事情，有時人生就是這麼簡單。
那麼我只戒過粗口，人生更簡單，對不？
但願如此。

瑪嘉烈這一晚失眠，睡不着的時候最喜歡和大衛 Pillow Talk。

事實上她也試過戒煙，但是怎麼戒也失敗，
總有一個晚上又會燃一根香煙，然後又想起一個人；
究竟因為戒不掉那個人才抽煙，
還是因為戒不掉煙才想起那個人？這大抵是一個戒不掉的秘密。

和喜歡的人永遠的分開了，
究竟要多少時間才會復元呢？
可能永不。至於，會不會喜歡另一個，這是後話了。

07

外星人

陪我說話。
你想說甚麼？

00:57

我是那班飛機上的乘客，你會怎樣？

下落不明那班？

還有哪班？

這問題不用問，丟了喜歡的鎖匙扣也會找個天翻地覆，何況不見了深愛的人，

更慘的是根本不知道往哪裏找。生死未卜是最令人忐忑，

應該當人死了還是仍活着？可能還活着，只不過不知在地球哪一個角落，

或者另一個時空，那即是死了。

你會不會等我？

等你回來？

生死未明，你會等嗎？

如果情況如空難一樣，等同死了，都會等，不是等你回來，是等時間過。

九死一生，無謂騙自己你會生勾勾的回來。

等時間過，然後喜歡第二個？

等時間過，看看傷痛會否減低。

需要多少時間呢？

真的不知道，這不同失戀，這是永遠的別離，和喜歡的人永遠的分開了，

究竟要多少時間才會復元呢？可能永不。

至於，會不會喜歡另一個，這是後話了。

總要向前看的，我死了的話也希望你可以找到另一個。

如果我失蹤了三五七年，之後又出現，你會怎樣？

問你這三五七年去了哪裏。

可以再在一起嗎？

看看情況，如果已經有新歡，你也不好要求復合吧，是你自己先離場的，棄權了即是放棄了所有的權利，走了便走了，不要再回來。

那麼絕情。

難道一世等你麼？人不絕情一點是很難快樂的。

你不想想你人間蒸發了的時候，我的經歷會如何，我也會經過很多煎熬、痛苦、掙扎，難得找回新生，你好意思回來破壞嗎？

可能是身不由己的失蹤呢……

給外星人捉去了幾年？也沒有辦法，唯有說句無緣。

如果我還是愛着你呢？可以再在一起嗎？

為甚麼離開了幾年，又想繼續一起？而我不會相信你真的被外星人捉了。

你仍然喜歡我，沒有新歡，我又回來了，可以再在一起嗎？

其實，你才是外星人，蠻不講理的外星人。

你怎麼知道？被你識穿了。

瑪嘉烈這一晚失眠，睡不着的時候最喜歡和大衛 Pillow Talk。

女人都是希望有一個無論發生甚麼事，
就算她不愛他，還是會對她不離不棄的男人，
也許這種自私的思維只有人類才會有。

每個情人來到都應該有一個使命。
你想想，每一次戀愛都應該令你有得着，
而那個得着可能會引領你去下一次戀愛。

08

嫁衣裳

陪我說話。
你想說甚麼？

00:57

有沒有一些過去了的感情關係，你不想承認，人家問起，你會否認的。

沒有，為甚麼要否認？

可能那是不快樂的回憶，不想再記起。

否定一個人是另一種肯定，犯不着；如果那個人已令你不快樂，

更加不要再提升他的地位。

可能那個舊情人太過不堪，想完全將他抹走，有些人應該是不被尊重的。

我倒沒有遇過那麼不堪的人，可能我不記仇吧，就算再不堪，

他一定對你的人生作出過貢獻，你沒有以前的戀愛，哪有今天的你？

你對舊情人好像很大方，那麼你和她們分手之後，做得成朋友嗎？

做不成的比較多。

為甚麼呢？

嗯，通常自己提分手的話，對方因為太嬲怒，自然不想和我繼續做朋友；

當對方先提出分手，便輪到我小器，
之後心情平復了也沒有意欲想保持聯絡。你會否定某些過去嗎？
有時候被傷害了便會有這個想法。
否定會沒那麼傷嗎？都分手了，最傷的時候都應該過去。
小器嘛，我對你那麼好竟然會被飛，顯得我很蠢，付出的都是白費。
有些情人來到是幫你認識自己，有一些是幫你忘記過去，
有一些是讓你知道甚麼是愛，不會白費的。付出愛，回報未必是愛，
但總有回報的。
怎樣？愛一個上一課？
每個情人來到都應該有一個使命。你想想，每一次戀愛都應該令你有得着，
而那個得着可能會引領你去下一次戀愛。舉例，這個男朋友教曉你打麻雀，
而這個打麻雀的技能令你和下一個男朋友如魚得水。

我不要做為他人作嫁衣裳的情人。

你覺得可以選擇嗎？我以前都會因為自己作了很多嫁衣裳而深深不忿，

後來我想通了，雖然分開了，但是我們都互相影響過對方的生命，

她的生命不曾有過我，就不會有今日的她，我的生命不曾遇過她，

也沒有今日的我；誰是誰的嫁衣裳也說不定。

你這個想法是不是自欺欺人？找個説法讓自己舒服一點。

這不是一個説法，這是因果。前人種樹，後人乘涼，我們都是別人的前人，

也可以是別人的後人。

很疲累，甚麼時候到岸，我不想這樣前前後後循環下去。

若果有一天我成為了前人，

那麼再和其他人戀愛的瑪嘉烈是有大衛成分的瑪嘉烈。

那會是怎樣的瑪嘉烈？

開朗的瑪嘉烈。

你打算教我打麻雀嗎？

你真的打算和其他人戀愛嗎？

瑪嘉烈這一晚失眠，睡不着的時候最喜歡和大衛 Pillow Talk。

00:57

當不能擁有，唯有讓發生過的以另一個方式存在，
不致煙消雲散。

到目前為止我還是真的喜歡吃生蠔，
生蠔不會令我失望的話，我是一直會喜歡的。

09

生蠔約

陪我說話。
你想說甚麼？

00:57

臨死之前，你最想吃甚麼？

為甚麼是臨死，不是明天？

因為想知你最喜歡吃甚麼。

那麼更加應該問明天，由現在到死亡還有一段日子，口味改變也說不定。

口味到了差不多年紀，應該不會再有太大改變的。

真的嗎？現在我的答案是壽司，但是在我未吃過壽司之前，我是抗拒的，怎麼把生魚片放入口，又怕腥，吃過之後便很喜歡，但難保到了我九十歲又有新的食物發明，會搶去壽司的位置。

你吃了壽司多少年？

很多年了，廿年吧。

那麼廿年來都有很多新發明，沒有甚麼可以和壽司匹敵吧？

嗯……都沒有甚麼。你呢？你會想吃甚麼呢？

生蠔。

哦，這樣子。不打算改變嗎？

我不知道，我希望不會吧，到目前為止我還是真的喜歡吃生蠔，生蠔不會令我失望的話，我是一直會喜歡的。

但是，遇上令人失望的生蠔的機會是很高的。

不會吧，小心點便可以。

有時真的不容你小心，一則生蠔容易受污染；二則因為太喜歡更加難小心，自助餐有生蠔，旅行時街邊有生蠔你一樣會照吃，要中招的話是避不到的。

你那些壽司還不是一樣高危？

是危的，不過我沒有萬一遇上令人失望的壽司便不會再吃這種想法。在哪裏吃到差的、臭的便不再光顧，總會有好的，不會因為那些不好的而放棄我喜歡的，那是不值得。

可能我愛生蠔不如你愛壽司那麼多，沒有甚麼食物是不能取代的，
次次食，次次肚屙便不吃了。真奇怪，你明明好像不肯定答案是壽司，
但說着說着又好像不易改變，你不覺得自己矛盾嗎？

不矛盾，我是說我不會因為不好的壽司經驗而放棄壽司，
和會不會一直最愛壽司是兩件事。而你，是會因為不好的生蠔而放棄生蠔，
和我的理由不同。

你說如果九十歲時有新發明便有可能取代壽司的地位嘛，
這個想法不似你的為人，我以為你一旦愛上了甚麼是不容易改變的。
始終那是口腹之欲，是和味蕾談情，和食物不需要誓約吧，
不會被差的壽司擊倒我對壽司的喜愛，已經有交代。

你可以當我是壽司嗎？
為甚麼呢？

我想你一直都愛我，不會因為不好的經驗離開我。

你預備了甚麼不好的經驗給我？

不知道，但一世流流長，總有的。

如果你是壽司，我便是你的生蠔。

你做生蠔，你不好的話我是會放棄你的。

沒有問題，為了不會被你放棄，我便不會做一隻不好的生蠔。

真的嗎？

生蠔不會説謊。

瑪嘉烈這一晚失眠，睡不着的時候最喜歡和大衛 Pillow Talk。

有人說「做隻貓　做隻狗不做情人」，瑪嘉烈和大衛呢？
做壽司、做生蠔；如果可以一直這樣愛下去便好了。

唯一可以做的就是叫自己下次想起的時候，
用另一種心情去面對。
但是，如果真的可以刪除記憶，你會嗎？

10

忘不了

陪我說話。

你想說甚麼？

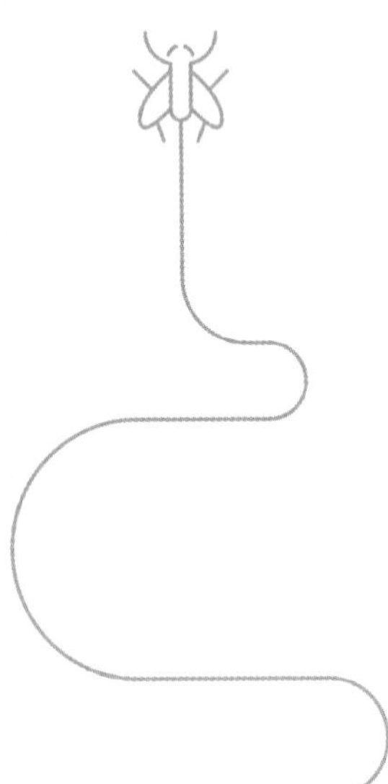

如何才可以忘記？

忘記甚麼？

不想記得的人，不想記得的事。

有甚麼非要忘記不可？

因為想起會不開心，無論時間過了多久，還是會想起，想起了又不開心。

不要去想。

通常叫自己不去想，反而會更易想起。

那麼控制你的感覺，控制自己下一次再想起時不要不開心。

感覺如何控制呢？當想不想起都不能控制的時候，感覺較容易操控嗎？

當你頭痛的時候，嘗試捏着自己的手，用痛去分散痛。

疼痛轉移。

對，以毒攻毒是行得通的。

分散了一次痛，下次仍然會想起，我是想忘記，不是想不痛。

忘記是不可能的，失憶在TVB的電視劇是一件容易的事，

但在現實生活中，你有聽過朋友、朋友的朋友曾經失憶過嗎？

最多只是斷片而已，失憶很難的。唯一可以做的就是叫自己下次想起的時候，用另一種心情去面對。但是，如果真的可以刪除記憶，你會嗎？

會的，有些記憶是沒有用的，久不久走出來打擾你。

不會覺得可惜嗎？

不會，有些記憶是值得被刪除的。

例如是甚麼？

例如三年班，中文測驗得到零分。

噢，怎可能零分？

我怎麼知道？每次想起都覺得是人生中的污點，那紅色的0字好像在取笑我一樣。

就是想忘記這個？

對，還有那個中文老師，有很大粒痣在嘴角，還要有毛的。

這很小事哦。

就是小事才不怕刪除。

小事，刪不刪除也沒有所謂啦。

重要那些我是不想忘記的。

重要不重要，都不能輕易忘記，最多只是顏色淡了而已。

我曾經以為永遠也會記得一個人，但是時間久了，想起他的時候，

怎麼想也想不起他的樣子……

這是村上春樹在《挪威的森林》說的。

咿，你有看書的嗎？

有，還很喜歡。

那為甚麼你小學的時候中文那麼差？零分很難拿的。

我相信，你有些記憶應該被刪除。

關於你的，很難忘記。

刪除它。

沒可能。

那麼我刪除你。

你刪除我，倒不如刪除零分那回事。

夠了。

瑪嘉烈這一晚失眠，睡不着的時候最喜歡和大衛 Pillow Talk。

一個人記性太好，有時不是一件好事，
大衛真的好像甚麼都能記下來，這是不是一件好事呢？

我得到你，但不代表我擁有你整個人，
你還會屬於你的朋友、你的家庭、你的事業，
我只是得到和你一起戀愛這個部分，
所以我沒有擁有你的全部。

11

捐給你

陪我說話。

你想說甚麼？

00:57

怎樣才算擁有？

怎麼你的問題愈來愈難答？

因為總覺得，得到了但不覺得擁有。

得到但不是擁有……那首先要定義甚麼是擁有？

所以我問你。

可以這樣理解，我得到你，代表我擁有你，因為照常理你不會同時被我擁有，

又被其他人擁有。

我不是這樣想的，我得到你，但不代表我擁有你整個人，

你還會屬於你的朋友、你的家庭、你的事業，

我只是得到和你一起戀愛這個部分，所以我沒有擁有你的全部。

那麼再要定義，一定要擁有全部才算擁有，還是擁有一部分也是擁有。

我的定義是，擁有不必要全部，也不可能全部；

和你戀愛的這個部分是屬於我的，我們共同擁有這個情侶關係，
這絕對是擁有的一種。

不可能擁有一個人的全部，不算擁有，正如階段性成果不是成果，
成果應該是百分百的。

你這個要求應用在物件上比較好，拿得到，捉得着；
無形的東西，沒有可能全部擁有，思想是沒有體積的。

我明了，即是得到那個人不代表得到他的心就是這個意思。

愛是為了快樂，一旦覺得自己擁有了便一天到晚擔心會失去，
於是一天到晚想辦法將這種擁有延長，擁有是一種負擔。

愛是為了快樂，我愛你，但不能擁有你或被你擁有，怎會快樂？

除非那個是奴隸，否則人是獨立的個體，沒有可能整個人屬於你，
再說愛一個人不代表擁有一個人，若果有人對你說，他是屬於你的，

你也不要相信。

你沒有覺得擁有我嗎？

沒有，我才不會那麼天真的。

我以為你是很勇敢的。我曾經覺得，我裏裏外外都是屬於某人，

那種感覺很實在，每一個細胞都好像有了發揮的空間，有了依靠。

後來呢？

後來，真的如你所說，我覺得自己像他的奴隸。

但是，沒有百分百的付出，又不夠痛快。

對，痛快，快樂之前是痛。那麼，你覺得你擁有我嗎？

你是我的，而我不覺得這是負擔，而很明顯你覺得擁有我是一個負擔。

被你擁有比擁有你更快樂，我只需要愛你，不需要擁有你。

愛就要想擁有。

那是滿足佔有欲。

難道你沒有？

有的，但我一旦想佔有一個人，我會變得很麻煩的。

我是不是很麻煩？

是的，不過我喜歡。

瑪嘉烈這一晚失眠，睡不着的時候最喜歡和大衛 Pillow Talk。

瑪嘉烈知道自己的佔有欲十分之強，
難得大衛肯將整個自己捐給她，
但是對瑪嘉烈來說又少了點挑戰性。

接受一個人毫無保留的愛，
等如你要毫無保留的接受那個人，
不是一件簡單的事。

12

不保留

陪我說話。

你想說甚麼？

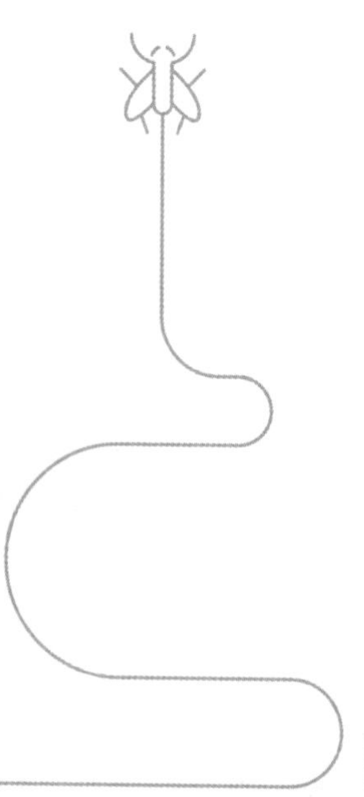

00:57

你會不會毫無保留的，將所有關於你的一切告訴我？

吓？如果我毫無保留，將所有關於我的一切告訴你，你不害怕嗎？

為甚麼會害怕，那是愛我的表現，愛一個人是會在他面前毫無保留。

這是愛一個人的其中一個表現，但不是唯一的表現。

即是你不會告訴我你的所有？

嗯。我想每個人都應該有一些私隱，可能未必是私隱，

只是有些事情不想再提起，不是故意不告訴你。

有甚麼事不想再提起？

當然是一些不快樂的事吧。

過去了還放在心裏嗎？不快樂要釋放出來的。

知道太多，可能是一個負擔。我舉個例，例子來的，不是真實情況，

譬如我還欠卡數一大筆，你會想知道嗎？又或者，原來我是有案底的，

你又會想知道嗎？有些事情，你知道了會擔心的話、會傷感情的話，不知道比知道好。而且，基本上一個成年人不可能任何事，巨細無遺地告訴另一個人，甚麼關係的人也好。

○ 你那些例子為甚麼那麼極端？

◉ 接受一個人毫無保留的愛，等如你要毫無保留的接受那個人，不是一件簡單的事。

○ 你可以毫無保留的接受你愛的人嗎？

◉ 可以。

○ 想也不用想便答可以？

◉ 我找不到一個理由，一個原因，會令我不接受我愛的人。

○ 你又說這不是一件簡單的事？

◉ 對，真的不簡單，不是人人做得到的。

○ 如果我有案底呢？

OK呀。

如果整過容？

OK呀。

如果我有兩頭住家？

這是可接受的範圍以外，不忠是另一個課題。我可以接受你的背景、煩惱、缺陷，但不忠是另一個課題。

我對你不忠，你會離開我嗎？

如果你不忠，我便離開，事情便太簡單了。

你會怎樣？

會煩惱、糾結、難過、失望，就是未必會離開你。

然後，你就會將這件事放進心裏，以後再和另一個人一起的時候，這便是你不想提起的不快事情，對不對？

瑪嘉烈。

為甚麼叫我的名字？

如果可以的話，我不想再和另一個人一起。

我也是這樣想的，如果可以的話。

你呢？你會毫無保留的，把關於你的一切告訴我嗎？

會啊！我想你負擔我的一切。

好的，那就由你有沒有整容開始說起。

瑪嘉烈這一晚失眠，睡不着的時候最喜歡和大衛 Pillow Talk。

安全感不是來自金錢，不是來自胸膛，
而是來自那種無論如何也不會被出賣的信任。

am
01
23

你肯騙我的感情，即是你要我的感情，
我這裏還有你需要的東西，即是我於你還有一點價值。

13 比方説

陪我説話。

你想説甚麼？

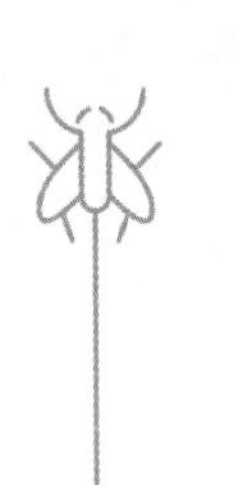

01:23

比方說有一天我要跟你分手，你會怎樣？

可以比方說些吉利一點的話題嗎？例如結婚擺不擺酒？去哪裏度蜜月？

那些不好談，答我啦。

如果你要跟我分手……那原因是甚麼？分手的原因會影響我的反應。

你有外遇要分手，跟我有外遇給你發現你要分手是不同的。

大家都沒有外遇，但我想分手，你會怎樣？

沒有外遇，但要分手，即是不愛我，對嗎？

又不一定，只是不夠愛。

甚麼是夠？

沒有不夠的感覺，你知道自己夠不夠愛那個人，

不夠愛心裏會有內疚的感覺，好像欺騙着對方感情過日子，

一起時要裝快樂，另一方面盤算着甚麼時候離開，好像做賊一樣。

不夠愛便要分手了嗎？月有陰晴圓缺，人有三衰六旺，今日愛多一些，明天愛少一些是很自然的事，《每天愛你多一些》之所以流行，就是説中一般人的夢想，現實是不可能永恆的愛到發燒。今天分了手，明天愛又回來那怎辦？

這是你的答案嗎？我要跟你分手，你便會跟我辯論，嘗試説服我。嗯……如果你真的想分手，我不會亦不能勉強你留低，那便分吧。

就這樣？

就這樣。

那麼無情？

無情？是你要分手，不是我，無情的是你吧！

你愛就要爭取嘛。

情人要走，一定要讓他走，不走不心息，死纏爛打只會惹人生厭，這個顯淺的道理我還明白的。

那麼你會掛念我嗎？

你都跟我分手，還要知道這些把鬼麼？

我跟你分了手，我也會掛念你。

你真是……情聖。

有甚麼原因會令你要跟我分手？

嗯……無。

我不信。我騙財騙色騙感情，你也不跟我分手？

你肯騙我的感情，即是你要我的感情，我這裏還有你需要的東西，即是我於你還有一點價值，就算明知你騙我，我還是愛你的，騙也是一種愛的演繹。

你說的都不合邏輯。

愛情是不講道理，不能計算，根本算不到。經常聽人說經營一段關係，說成做生意一樣，用「維繫」、「維持」不能嗎？

你無論如何都不會跟我分手嗎？

當我仍然愛你的時候，怎會跟你分手？而我不知道有甚麼會令我不愛你，至少現在是這樣。

你每次戀愛都是這樣嗎？其實你不是特別愛我，你對每一個都一樣。

以前的我忘了，不過每一段感情開始的時候都希望可以長久，至於是否特別愛你，你繼續和我一起，便會知道。

我不是傻的，OK，今晚先睡覺，不分手；那麼，真愛是甚麼？

又說先睡覺，每次只說一個題目，真愛是甚麼，真愛是會說到天亮的。

你說，我聽……

我不是傻的，睡吧。

瑪嘉烈這一晚失眠，睡不着的時候最喜歡和大衛 Pillow Talk。

大衛不是每次戀愛也會奮不顧身，但能令你着迷的人，一生人大概只會遇上一兩次，大衛覺得今次是其中一次。

原諒不是一個姿態，那是要徹底執行，
要不，不要選擇原諒。

14

一根刺

陪我說話。

你想說甚麼？

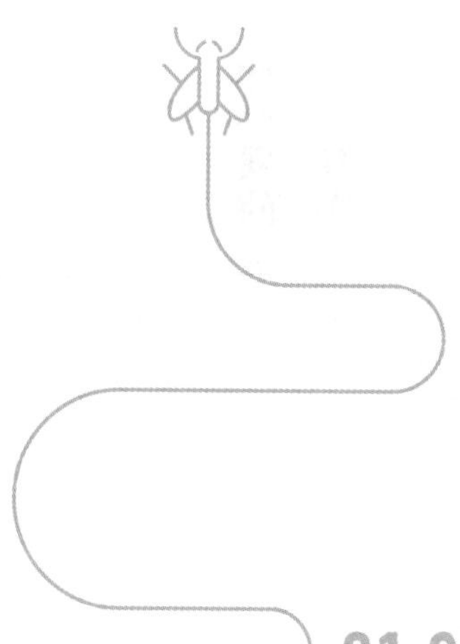

01:23

如果我心入面有一根刺，你會怎樣？

甚麼刺呢？

一根阻礙我們感情發展的刺。

譬如……

譬如你有第三者，我原諒了你，但我心中還有一根刺，那怎麼辦？

這個嘛……是死症，在於你可不可以克服被出賣的陰影。

責任反而落在我身上？

因為你有一個主導權，你可以選擇分手，但你選擇了原諒，原諒不是一個姿態，

那是要徹底執行，要不，不要選擇原諒。

如果那是一段認真的感情，很難説放棄便放棄，

原諒是唯一可以繼續走下去的選擇，但陰影不是那麼容易剔走。

疑神疑鬼是害人害己的，對方循規蹈矩，你也會想偷看他的手機，

偷看完還覺得這是你應得的專利，
找不到甚麼蛛絲馬迹也不會相信自己的眼睛，
精神開始緊張，人格開始淪陷。
淪陷得過那個先背叛的。

不同性質。
那些是防禦措施，我怎知道他會不會繼續欺騙我？
如果你覺得會繼續被欺騙，便不要原諒他，有些人很蠢，
情人去滾，自己為了報復又去滾，覺得這樣會公平一點，
但這只會令自己變成和他一樣卑劣的人，乾脆分開吧。
對方沒有責任的嗎？他也應該為補救這段感情付出一點甚麼。
當傷害了一個愛自己的人，破壞了原本的承諾，摧毀了原本的關係，
多多少少會有歉疚之心。

所以，他需要忍受因為他出了軌而令你可能出現的忽冷忽熱、蠻不講理、冷嘲熱諷、無理取鬧，那是一種懲罰。

如果那個人連一點歉意也沒有呢？

那真的算罷啦。但是，如果你還愛那個人，你不會待他太差。

如果你很愛那個人，你會和他一起拔走那根刺。

你說的真容易。

其實說易不易，說難不難。還是那一句，選擇原諒就要相信。

就這樣便宜他？

對，當你豪給他。又或者，困獸鬥也是一個死局，

看他不順眼便考慮分開一陣子，想清楚究竟愛不愛，有多愛這個人。

不放過對方，等如不放過自己，懷着這種報復心態，沒有人會得益。

通常冷靜完都很難再走在一起。

那就是沒緣分吧。
又或者設一個下限，若真的再發現些甚麼便殺無赦。
有些人在感情關係上永遠佔上風，因為他們有非常包容他們的情人。
不原諒他，就是不包容？但明明是他一個人的錯。
我總覺得你愛他，便會給他機會。
但那個過程應該很痛苦。
沒有甚麼是容易的。

瑪嘉烈這一晚失眠，睡不着的時候最喜歡和大衛 Pillow Talk。

瑪嘉烈沒有鐵石心腸，對於不忠的情人，她沒有辦法應付，但不要緊，大衛倒不像會出軌的人。

分擔煩惱是一定的，但是心事有不同的層次，
做愛侶可能未必需要甚麼都知道。

15

心中心

陪我說話。

你想說甚麼？

01:23

你有沒有心事？

甚麼心事？

我覺得好像不太了解你，你很少把心事說給我聽。

甚麼類型的心事？

收藏在心裏的事。

我真的沒甚麼心事，那些都是小事一則，而且不開心的事情也不想告訴你。

你最常告訴我的就是遇上那些在車內剪指甲，大聲講粗口的乘客，

每次你告訴我這些，我也很開心，聽你一味鬧，鬧完又沒事人一個。

對，遇着那些人渣，真的要發洩一下，只要我和你起勢鬧，鬧完又舒暢了。

其實我一句話也沒有說，你隨便撥個空號也可以。

那又不能，我知道電話裏頭的是你才會大聲鬧的。

真變態，當我的耳朵是出氣袋。

你知道我最喜歡跟你談甚麼嗎？

甚麼？

最喜歡聽你說家裏的瑣事，貓怎樣，老鼠怎樣，一家人吃飯時，如何分工合作，誰負責煮飯、洗碗。

那麼古怪？

我覺得很親密才會說這些，你每每說這些我便覺得我們的關係又近了一些。

做得另一半總要有分擔煩惱的能力，如果我不把心事告訴你，你會怎樣？

分擔煩惱是一定的，但是心事有不同的層次，做愛侶可能未必需要甚麼都知道，你只要把你想告訴我的告訴我便可以，不需要用心事來換感情，兩個人相處最重要的是舒舒服服，時刻要擔心對方這裏介不介意，那裏快不快樂是件煩事。但是，我想把你的心一層一層的撕開，看看裏面有些甚麼。

沒甚麼，都不過是你。

我真的不相信，一個人心裏怎會得一個人。

你心裏有很多人的嗎？

嗯……不算很多，但不會只得一個，只不過心中的核心只得一個。

心瓣有很多路人？那誰？

那些曾經住進過我心裏的人，有的曾經在核心，有的在周邊，間中他們又會和核心那個人交換一下位置。我不知道你是否會這樣，就算我跟你一起，你在我心中的核心，但是有時候，我會把你換出，讓出那核心的位置給其他人，不是代表我變心，可能只是換一剎那，你明不明白？

人的心其實很複雜，尤其是愛上一個人的心，他愛你幾多，你愛他幾多，他愛你多還是你愛他多，很心煩的，久不久，啲一啲，我明白的。

況且，懷念一下舊情人，是人之常情。

◎但是，你說你的心裏只有我一個，你還有懷念舊情人嗎？

◉我和你不同，懷念是不需要上心的，忽然間會想起，但轉眼看到一件壽司就已經記不起自己曾經記起。

◎就算懷念我，也不上心嗎？

◉瑪嘉烈。

◎甚麼？

◉你在家裏吃飯，先飲湯還是先吃飯？

瑪嘉烈這一晚失眠，睡不着的時候最喜歡和大衛 Pillow Talk。

一個人的心，怎會只得一個人？

大衛很清楚，所以他會接受他的情人間中思想走了光，

只要她在身邊就好了。

因為我們是情侶，情侶是互相陪伴的。

16

莫多龍

陪我說話。

你想說甚麼？

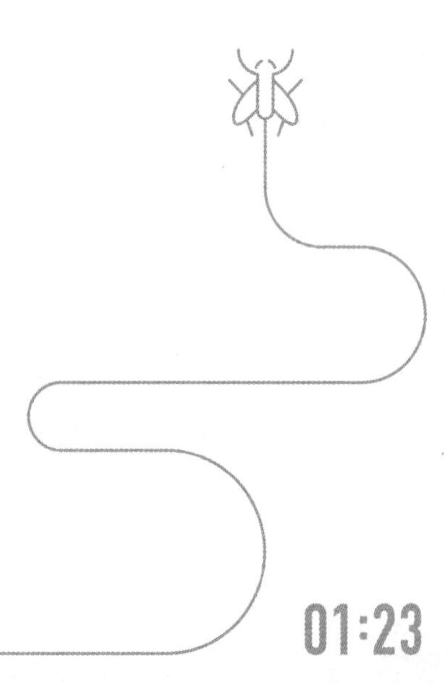

我想去看科莫多龍。

科莫多龍?!那麼可怕的生物為甚麼要看?

只不過是巨型蜥蜴,和看大笨象、長頸鹿性質一樣。

科莫多龍又暴戾又有毒又醜陋,怎能和純良的大笨象和長頸鹿相比?

但你想看我總會陪你去看的。

嗯,你不享受便不要陪我了,不要浪費時間。

問題是,你想不想我陪你去?

想,但我不想你因為陪我而去做一些你沒有興趣做的事情。

我的興趣是陪你,不是科莫多龍。

為甚麼你要陪我?你不陪我,你可以去做自己喜歡的事,我會找朋友陪我。

因為我們是情侶,情侶是要互相陪伴的。

錯了,情侶要互相分享,分享大家喜歡的才會有趣味。

可能你令我對科莫多龍產生興趣呢？

有次我和一班朋友去滑水，那時的男朋友對滑水一點興趣也沒有，但要死跟着我，根本不是為了陪我，只是想知道我和甚麼人一起，很煩厭呢。

我不是為了阻止你和朋友去旅行，我是真心想陪你的，但科莫多龍吸引的地方是甚麼？

我想看看牠們怎樣暴戾，怎樣弱肉強食。

紀錄片不是已經看到嗎？要親眼看着牠們吃同類？

想知道看着那麼殘酷的畫面，我會有甚麼感覺。

如果你看過別人在你面前因為你而很傷心的樣子，那個感覺大抵差不多，

有沒有試過？

哦，試過。我沒甚麼感覺，只可以說句 sorry，我也不是存心要傷害人，很多時候傷心都是自找的。

那麼你看科莫多龍應該也沒有甚麼大感覺。

不同的，科莫多龍不會傷同類的心，最多把牠們吃掉。

你試過傷心得像被吃掉嗎？

你知不知道傷心的時候，心真的好像被揪着，原來真的會痛。

不知道。

如果有一天我們要分開，你會怎樣跟我說？

你想呢？

我不知道，但可不可以出少少預告？不要劈頭第一句就説要分開。

怎樣出預告？先來冷淡一下，失蹤幾天？

我很怕再有那種心痛的感覺，我寧願你把我一口吃掉。

你想我做科莫多龍？

至少不會傷同類的心。

看，你開始對科莫多龍有好感了。

瑪嘉烈這一晚失眠，睡不着的時候最喜歡和大衛 Pillow Talk。

喜歡一個人總想陪他做任何事情，儘管那不是自己的興趣，再高層次一點，就是愛屋及烏，裝興致勃勃，扮志同道合來逗對方開心。

沒有，我很討厭問「為甚麼」？
有些答案是不需要知道的，或許，根本沒有答案，
又或者答案好明顯。

17

投入地

陪我說話。
你想說甚麼？

01:23

有一天我忽然失了蹤，你會怎樣？

報警。

點啊，那麼快報警。

失蹤這回事，可大可小，當然要報警。

要夠四十八小時才可報案，這四十八小時你會做甚麼？

找你。

去哪裏找？

不知道，駕車周圍看看。

你不會打電話給我嗎？

不用問啦，要不沒人聽，要不關了機，一定是這樣。

不會找我的朋友問問嗎？

嗯，都會。但我不覺得可以問到你的行蹤。

那麼在等報警的時候，你會想甚麼？

想不到，會很擔心，變態佬很多呢。怎麼？你不是喜歡玩失蹤吧？

之前有個人，我們約好了去日本旅行，他由台北飛，我由香港飛，約好了在酒店見。

他失蹤了？

對，他沒有來。我很冷靜，找他的公司問他的行蹤，他們說他從台北飛了回香港。

你們的關係是……

當然是情侶。

你立即飛返香港找他晦氣麼？

沒有，我繼續整個五日四夜的行程，照樣去訂好的餐廳，還去了一晚溫泉酒店，由兩位改成一位原來是一件很容易的事，原本 waiting list 的餐廳立即有位，我連一個電話也沒有打給他。

真冷靜。

是他到了第三天，是第三天才給我發了一個短訊，問我在哪裏。

三天，送了一個那麼大的打擊給我，然後三天不聞不問；

更妙的是，我沒有回覆他，他也沒有再問，完全不理我生死。

冷血。

回家之後，他當然已經自行清場，搬走了所有他的物件，

唯獨是沒有拿走我們的合照，但他拿走了他買的名牌相架。

看到那張沒有相架的合照，我才懂得傷心，他不只不愛我，他更討厭我，

要拿相架，可以連合照也拿去，再慢慢丟，留下合照給我，

就是要告訴我他有多嫌棄我。

那張合照你還有沒有保留？

撕開了兩邊，不愛我的人我也不愛。

你沒有再找他？

沒有，我很討厭問「為甚麼」？有些答案是不需要知道的，或許，根本沒有答案，又或者答案好明顯。所以，你愛我的話，不要不辭而別，就算你有一天不愛我，要分手，你可以留張 post it，WhatsApp 我，LINE 我都可以的。

……

你在哭？

很替你傷心，我永遠也不會這樣對你的。

不一定的，可能有一天你不愛我呢？

我答應你，就算我不愛你，我會帶走我們的合照。

怎樣帶？我們的照片都是 digital 的。

明天便去曬一張。

01:23

我買相架。

瑪嘉烈這一晚失眠，睡不着的時候最喜歡和大衛 Pillow Talk。

有人說，如果你的情人聽你的故事，聽得哭了，他正在投入地愛你；瑪嘉烈相信這是真的。

先出軌的人是拿着破壞感情的主動權，
應該本着沒有轉機的心態去偷跳。

18

一時間

陪我說話。
你想說甚麼？

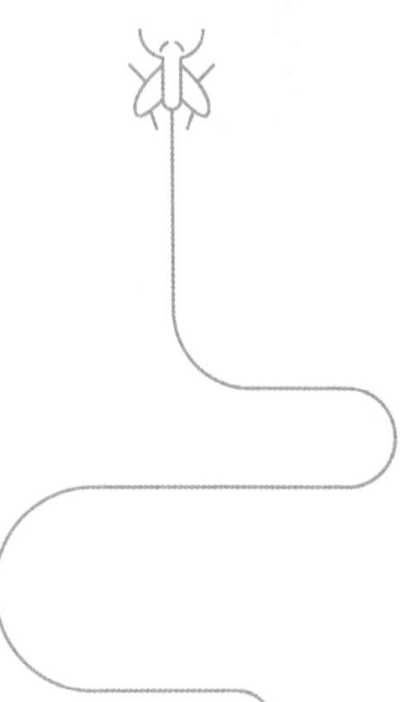

01:23

如果你懷疑我出軌，你會怎樣做？

旁敲側擊、細心觀察、時機成熟、捉姦在床。

那麼有策略嗎？你不會直接問我嗎？

十個有十個出軌的人都不會承認的，有甚麼好問？要問自己，

若果情人真的出軌了，自己可以接受嗎？

一定不可以。

那麼簡單嗎？如果你很愛那個人呢？如果你們的感情已經十分深厚，

大家的生活已習慣了有大家，而出軌可能只是一時間的意亂情迷，你會怎樣？

分手嗎？

我最討厭就是聽到那些一時間的迷失，一時間的誘惑，

人之所以是萬物之靈就是因為有自制能力。

為甚麼要因為自己一時間變了畜牲而要伴侶 suffer？

可能就是覺得大家的人生都習慣了對方的存在，生活上千絲萬縷，
感情上又投放了那麼多青春，怎會那麼容易分手？
於是便放膽去迎接那些意亂情迷。
對，有些人就是給對方看穿，飛不出五指山，還跟你保持着那段關係，
已經是交了功課。如果你懷疑我有外遇，你會怎麼做？
問你。
你寧願我認還是不認？
我想要知道真相。我想要知道為甚麼你會出軌？你怎樣看我們的愛情？
你想怎樣？
你不想我繼續欺騙你嗎？承認可能根本博分手，不認可能還有轉機。
轉甚麼機？先出軌的人是拿着破壞感情的主動權，
應該本着沒有轉機的心態去偷跳。被發現了，不承認，

原因是希望感情有轉機？有沒有那麼荒謬？

就是那些一時間的意亂情迷。

就是不負責任。

這樣說你是接受不到伴侶一時間的錯失嗎？錯一次也不可以？

你接受到嗎？

如果很愛那個人……我想不應該那麼容易便分手……

即使讓自己受傷害，即使對方把你視作理所當然？

愛需要犧牲，有時是要犧牲自己的快樂。

如果得不到快樂，為甚麼還要愛下去？

犧牲自己的快樂，換到對方的快樂。

你接受到伴侶出軌？

我不知道，我希望不需要考慮這回事，你最好別偷跳呢。

○ 我不會，如果我發覺我愛上了其他人，我一定會告訴你。

◉ 想真一點，你說得出口嗎？「喂，我變心了。」你不會找其他的藉口嗎？

○ 例如性格不合，沒有感覺，諸如此類；又或者那只是一時間……

◉ ……一時間的意亂情迷。

○ 對，可能你和那人上完一次床，愛完一個星期之後，還是覺得我最好呢？

◉ 那實在不用太快告訴我你愛上了別人。

○ 似乎你不太喜歡知道真相，寧願你的伴侶欺騙你。

◉ 如果真的愛那個人，總會有 quota 留給他的。

○ 你有多少 quota 預留給我？

◉ 你需要嗎？

○ 很難說的，你知道有太多一時間的……

◉ ……意亂情迷……

瑪嘉烈這一晚失眠，睡不着的時候最喜歡和大衛 Pillow Talk。

為一個人意亂情迷的感覺是充滿誘惑的，大衛很清楚，他知道他對瑪嘉烈的意亂情迷絕對不只一時間的。

那甚麼才是最適合結婚的時候呢？
等有更多錢？等大家戀愛多三五七年？
不想結婚的話，任何時候都是不適合的。

19 有了你

陪我說話。
你想說甚麼？

01:23

如果我有咗，你會點？

有咗……身孕？

身孕。

我會……問你想不想要？

如果我想？

想，我們便結婚。

你準備好和我結婚嗎？

沒有甚麼準備好，未準備好，要BB就要結婚，況且你又愛我，我又愛你，結婚好合理。

但可能未到結婚的時候。

那甚麼才是最適合結婚的時候呢？等有更多錢？等大家戀愛多三五七年？

不想結婚的話，任何時候都是不適合的，

可能BB就是來告訴我們是時候結婚。

我不想你因為BB而跟我結婚。

吓？但你有了BB，想要，但又不想因為這個原因而結婚？

結婚只有一個原因就是你愛我，想和我組織家庭，有了BB才結婚是因為實際需要。

有實際需要不等如我不是因為愛你才結婚，

沒有跟你結婚的準備就不會隨便讓你懷孕，我不相信有意外才懷孕這回事，

能夠搞大個肚，雙方一定早有默契。你都一定對我有感情才會想把孩子生下來。

你知道慾火焚身的時候顧不得有沒有意外，不可以將意外懷孕當作理所當然。

慾火焚身時顧不得有沒有意外是因為我心裏早有個預算，萬一中了便結婚，

我不知道你慾火焚身時是否想着世事沒那麼巧合，博一博，

但這件事是雙方的責任，大家早知道後果是怎樣，

你的問題應該是你還沒有當我是結婚對象。

唔……如果……我想要ＢＢ但不想結婚，不可以嗎？

那ＢＢ的出生紙寫你名定寫我名？

遲一點才補回是沒有問題的。

為甚麼要遲一點才補回呢？你不想和那個人結婚就不要和他生孩子，

這是常識吧。

可能我覺得我們還未到時候結婚，但又想保留ＢＢ。

吓？那即是日後有機會ＢＢ會沒有老竇，這是不負責任。

未必會沒有，只是要多點時間觀察。

觀甚麼察？你不肯定我是你的終身伴侶便不要為我們生孩子，

墮胎是合法的，下次再有再算。

嗯……如果我真的不想要呢？

我當然尊重你決定。

你不會反對？

這回事對女人的影響大過男人，無論心理生理上，女人的付出都大過男人。

我不理你不想要的原因是因為未肯定想和我過一生，還是有小孩恐懼症，

怕負擔，怕甚麼都好，你的決定是最後的決定。

你都不喜歡小孩子，所以不要也沒有所謂。

你就是不相信世上有人會甚麼也以你為先。

在有了之後，我開始相信。

有了？？真的？？

有了你。

瑪嘉烈這一晚失眠，睡不着的時候最喜歡和大衛 Pillow Talk。

瑪嘉烈不是不相信有人會把她放在第一位，
他們每一個起初都是這樣說的，
只是過了不久冠軍會變做亞軍、季軍、十大……
她很希望大衛是一個例外。

感情如人生一樣總有低潮，
難道低潮的時候便結束生命嗎？

20

告訴我

陪我說話。
你想說甚麼？

01:23

有一天你不喜歡我，你會不會告訴我？

不喜歡，不是不愛，對不對？

愛少了。

愛少了是人之常情，好像運氣一樣，時高時低，沒有必要告訴你。

愛多愛少一個人怎會像運氣？運氣是無從預知，沒有前因，愛少了一定有原因。

……不一定，愛是感覺來的，總有一次會發覺今天沒昨天那麼愛，但睡醒又如常。

為甚麼會又高又低？

感覺很難解釋，有人告訴你，分分秒秒都好愛你，那個人一定說謊，

這幾乎是不可能的事。

萬一睡醒一覺，感覺沒有回來，怎麼辦？

再等一下。

真的沒有呢？你會告訴我嗎？

……我也不知道，未必會。感情如人生一樣總有低潮，

難道低潮的時候便結束生命嗎？不會的，慢慢捱過去。

感情的低潮不是捱就會過。

難道每次低潮都要拿出來討論嗎？情是用來談的，不是用來研究。

低潮過一下子就沒有，不必太緊張。

再等一下，感覺都不回來，你又會怎樣？

你想怎樣？

我不想你明明都不愛我，但是因為責任仍然跟我在一起。

為甚麼不？責任也是愛。

責任也是愛？

當然啦，不愛你便不會覺得有責任要負，拍拍手走人，因為愛你才會留低。

沒有感覺，又是愛？

沒有感覺可能是解作沒有牽腸掛肚、典床典蓆、毛管直豎的那些感覺，

但仍然是愛你的。不過你又奇怪，很多女人都不知幾想男人負責任，

愛不愛有甚麼所謂，肯結婚才是正經事。

那些好像施捨出來的心意真的不必，明明不愛，但又要裝好人負責任，

和自己不愛的女人結婚很偉大嗎？

重點是，你愛那個人，自然想他和你結婚，管他愛不愛你呢，

況且你不會知道他心底裏究竟愛不愛你，愛你多少，

但肯結婚已是一種愛的表現。

你會因為責任而結婚嗎？

以前不會，現在或許會。

你明明說過要找到個很愛的人才會結婚，不是嗎？

如果對方需要我負這個責任，我絕對願意結婚，

那是尊重和承諾也是愛的一種，仍執着於有沒有感覺，實在太幼稚。

我完全不明白也不同意，總之我不必你去負這些責任，

我要和我結婚的人是為了愛我，不是為了負責任；

有一天你睡醒，發現你不愛我，你一定要告訴我。

我不會，如果你想我同你結婚，我一定結，而且我會令你覺得我很愛你。

為甚麼要這樣？

因為愛有很多不同形式和層次，你追求的那種，很危險，

我這一種不會令你受到傷害。

你的是哪種愛？

到時候你會明白的。

瑪嘉烈這一晚失眠，睡不着的時候最喜歡和大衛 Pillow Talk。

瑪嘉烈最討厭被騙，但如果對方一直在身邊，一直說愛你，
這是個善意的謊言呢？這種愛又算是甚麼呢？

分享喜悅，和家人、姐妹、老公分享不夠麼？

為甚麼還騷擾前度。

21

婚紗中

陪我說話。

你想說甚麼？

01:23

前度結婚的話，你想不想她們邀請你去婚宴？

吃乳豬那種？

吃甚麼有關係嗎？

有乳豬吃即是晚宴酒席，那是世上最悶的一件事，細路仔走來走去，

餓死也未開席，不要邀請我了。

邀請你去觀禮呢？不花時間吧，又去不去呢？

其實，為甚麼要邀請前度去參加你的婚禮呢？

分了手還是朋友，人生大事想和你分享。

分享喜悅，和家人、姐妹、老公分享不夠麼？為甚麼還騷擾前度？

那前度已經成了朋友，請朋友飲又算騷擾？

如果人家對你還有感情，一直都只是裝作可以和你做朋友，那便是騷擾。

如果對我還有感情，我結婚他也應該替我高興，應該想來看我結婚吧，

況且不是沒有預計有這一天吧。

有預計毋須親眼目睹，看着你註冊，親耳聽着你讀誓詞，這樣戥你高興？

是你高興還是他高興呢？

變回朋友身份，一直相安無事，我怎麼會知道人家還喜不喜歡我呢？

難道個個朋友都請，唯獨是不請他；到我不請他，他又可能會失望，

那你說怎麼做好呢？

有沒有聽過《婚紗背後》？……婚紗中背影雙雙遠去……好慘的。

下一句是……一切又從頭面對……可能有些人要親眼看到這一幕才死心呢。

究竟你想不想前度請你飲？

做回普通朋友，不需要吧，我真的很怕去飲，很怕細路仔走來走去；

還有感情的……嗯，我不會想看到婚紗中背影雙雙遠去，

她通知我那個消息便可以，也好讓省回人情。

但我想前度請我飲，我會打扮得比新娘更靚，去搶鏡。

女人真恐怖，假設你還喜歡他嗎？

喜不喜歡也一樣，就是要他知道全場最美的是我。

他未必會覺得你靚絕全場，情人眼裏才出到西施，就算你美若天仙，他都不會喜歡你，新郎只會覺得新娘是最美的，你見他娶個醜女，你又會快樂嗎？揀個醜女也不揀你。

你又說得對。

這些場合出現的前度，究竟有幾多會真心祝福那對新人呢？

總有的……

例如呢？

例如你。

吓？都說最憎去飲，為甚麼呢？

因為你仍然會覺得我是最美的。

你結婚，不是我結婚，婚紗中背影雙雙遠去，還要我覺得你是最漂亮？

不要請我啦，我不會來的。

那你請我，我會來。

我不會覺得你全場最靚。

我不信。

瑪嘉烈這一晚失眠，睡不着的時候最喜歡和大衛 Pillow Talk。

如果有一天，瑪嘉烈要結婚的話，大衛希望可以親眼目睹，穿婚紗的瑪嘉烈一定很漂亮。

需要宣洩主權，才會想到要穿情侶裝。

22 地上情

陪我說話。

你想說甚麼？

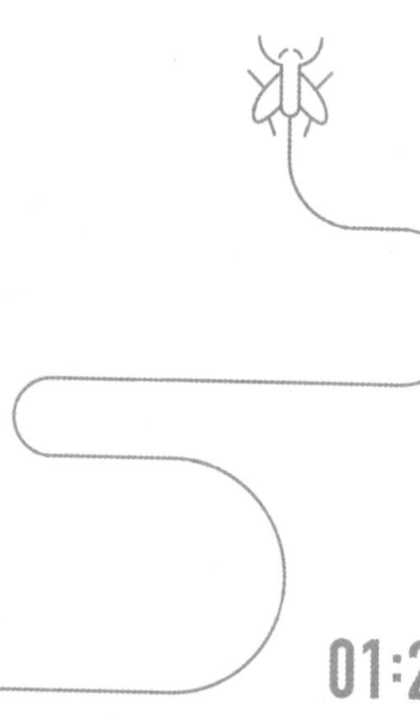

01:23

為甚麼要穿情侶裝呢？

愛。

你愛不愛我？你會不會為我穿情侶裝？

我愛你的其中一個原因就是你不會喜歡穿情侶裝。

他們覺不覺得惡心呢？

怎麼會？當事人一定覺得很甜蜜。

甜蜜歸甜蜜，但不用上街污染環境吧？

其實，那些情侶應該很沒有安全感，需要宣洩主權，才會想到要穿情侶裝。

兩個人戀愛，兩個人都沒有安全感？那誰有安全感？

一個沒有安全感，另一個配合給予安全感。

安全感建築在情侶裝上面，都算易應付。

錯了，怎會易應付，那是確認、公開、名正言順的另一種演繹手法，效果更加顯著，那麼惡心的事情都肯為你做，還不是很愛你？

說真的，為甚麼要全世界都知道那個人是屬於你的？

全世界都知道就有安全感嗎？全世界知道就不會變心的嗎？

承認是尊重這段感情的表現。

我承認你，你承認我不就足夠了嗎？張三李四承不承認真的沒有關係。

如果你對那段感情很有信心，不會介意讓全世界都知道。

我不贊成。我對那段感情有沒有信心和有沒有通知全世界我和這個人戀愛無關。

我這麼想，如果你很愛你的情人，覺得他一百分，完美、絕色，和他戀愛真是難能可貴，你一定想所有人知道，我拖着你在街上行，人家知道我們是情侶，我會覺得很榮幸。

你覺得你女友好正，想全世界都知你們正在約會，那不是虛榮心是甚麼？

但為甚麼炫耀會是確認一段感情的途徑？

我不覺得那是炫耀。

那是甚麼呢？

那是快樂，快樂便想與人分享。你看看 Facebook 那些戀愛男女，

他們不是炫耀，他們是情不自禁。

你看到那些明星公開戀情，有甚麼感覺？

嗯……可以光明正大不是一件好事嗎？

我會覺得關我甚麼事，他們兩個人快樂便可以，很需要別人的祝福嗎？

看來你是支持地下情。

地下情也是情。不過，對我來說，沒有甚麼地下不地下，

兩個人一起就算只得兩個人知，不代表會愛少一點。但是，有一些感情關係，

愈少人知，少一份騷擾，命便長一點。

你又說得對，人言的確可畏。那麼有人來問你，

你是不是正和那個大衛在戀愛，你會怎樣答？

那要看來問的是誰，八婆當然不會答，為甚麼要滿足別人的八卦心態，要知的人自然會知。

我總覺得那是有保留的表現。

怎樣有保留，整個人給了你還說有保留？

有保留或者沒信心。

如果有人問你是不是跟那個瑪嘉烈在戀愛，你會怎樣答？

是。

甚麼人來問你也會這樣答？

對。對於自己覺得榮幸的事，是不需要隱瞞的，地下情也是情，但是地上比較好。

瑪嘉烈這一晚失眠，睡不着的時候最喜歡和大衛 Pillow Talk。

一段感情要去到不認不認還須認的地步才去認，便沒有意思了，大衛和瑪嘉烈在這方面有點分歧。

23

一夜情

性生活不協調需要找幫手，
可以找醫生，不是找個陌生人發生性行為。

陪我說話。

你想說甚麼？

01:23

你會不會嫖妓？不對，應該是你有沒有試過嫖妓？

神經病，當然沒有啦！

為甚麼當然？很多男人也嫖妓。

你看電視劇太多會不會？很多男人會但不包括我。

況且這個行為好像比較適合那些阿叔阿伯，我這些才俊不做這種事情的。

為甚麼呢？

甚麼為甚麼？好像說這件事很應該做似的。這件事很 out，

現在想隨手找個人去蘭桂坊走兩個場，總有一件半件可以找到，

一夜情仍然十分流行，肉金也省回。

很 cheap 呀你！你試過嗎？

我看《晚九朝五》知道的，我當然沒試過，我才不是那麼隨便。

《晚九朝五》是廿年前的。

◉ 對，所以你說一夜情是不是厲害呢？過了廿年大家還在做這件事。

○ 你可以接受你的男朋友一夜情嗎？

◉ 不可以，床只可以跟喜歡的人上。

○ 男人的解釋是，那只是性需要，沒有感情的。

◉ 他對那個洩慾對象有沒有感情與我無關，但是我對他有感情，

○ 怎可能接受自己喜歡的人和陌生人上床？

◉ 可能性生活不協調呢，所以要找幫手。

○ 性生活不協調需要找幫手，可以找醫生，不是找個陌生人發生性行為。

◉ 你有沒有試過？

○ 沒有，但試過上完床之後分手。

◉ 你遇上「嚿完鬆」？

○ 不是，是大家「嚿完鬆」，上完床，大家都覺得應該告一段落，

好像認識就是為了要上一次床。

那麼奇怪？

我相信很多人也是這樣子，上完床，覺得不怎麼喜歡那個人。

怎麼呢？不是確定喜歡才上床的嗎？

當然是喜歡才會啦，但上完床覺得件事不如想像般親密，

反而有種陌生的感覺，你明不明白呢？

不太明白，我通常上完床會更加愛那個人。

你很像一個女人，那麼上完床之後是不是會打算結婚？

又沒有那麼離譜，我只是沒有試過親密完反而有疏離的感覺，很弔詭；

覺得疏離和那場愛做得精不精彩有沒有關係？照道理，

如果上月球般興奮便應該不會想疏離，所以一定是那場愛一池死水般，

令你 turn off。

你可以這樣理解，不過不只是因為這個原因，是整體的感覺。

整體的感覺？

整體連繫不起來，中間有些東西斷開了。

更弔詭，還是你想得太複雜？

只是你想得太簡單。

簡單不好嗎？

瑪嘉烈這一晚失眠，睡不着的時候最喜歡和大衛 Pillow Talk。

01:23

瑪嘉烈知道大衛只是在她面前才那麼簡單，
就算是裝出來的，瑪嘉烈也很喜歡。

或許根本有蛛絲馬迹，已有攤牌的打算才有勇氣打開門，
當了結一件心事；毫無徵兆之下發現情人偷食，
第一個反應都是逃避。

24

門後面

陪我說話。

你想說甚麼？

01:23

有一個機會放在你面前，一個捉姦在床的機會，你會不會把握？
這是一個人生交叉點級數的問題，要認真的想一想。
我試過有這個機會，但我沒有利用到。
除非有線眼的協助，否則這些機會通常都是千鈞一髮之間出現，一下子要決定去或不去是有點難度的；當時，你在想甚麼？
沒有，腦袋空白一片。好像玩心理測驗一樣，面前有一道門，你選擇開還是離開，千鈞一髮之間我選擇離開。
那你不會知道門後的是甚麼，可能不如你想像的。
不是我想像出來的，門外有性感內衣做證據。
真不明白，不能等進了房才脱衣嗎？一定要邊行邊脱，拍戲麼？
可能他們忍了很久，慾火焚身，或者根本在客廳了事。
那你為甚麼不打開房門？

那一刻不想知道，只想離開。況且出軌這種行為有第一次就有第二次，遲早會知得一清二楚。不過，如果我再有一次這個機會……

你會捉姦在床？

可能會，有時想對自己殘忍一點。

為甚麼呢？

測試自己的承受能力。

或許根本有蛛絲馬迹，已有攤牌的打算才有勇氣打開門，當了結一件心事；毫無徵兆之下發現情人偷食，第一個反應都是逃避。

如果很愛那個人的話，應該打開門，還是不打開門？

理論上……你很愛那個人，你不相信他會背叛你……

慢着，這裏有個邏輯上的錯誤，你很愛那個人，不是他很愛你，你沒可能背叛他，但他有可能背叛你。

你很愛那個人，不想他背叛你，所以更不應該打開門。

門開了，事實赤裸裸的放在眼前，覆水難收，到時要處理便麻煩，

三日一小傾，五日一大傾，大家心中有根刺，很麻煩也很難搞的。

你的結論是，很愛那個人，就算被背叛也不要揭穿他？

理論是這樣，揭穿他為了甚麼？只會增強日後相處的難度，

想清楚你的最終目的。

最終目的？結婚那些？

戀愛總會有一個目的，例如：我和你一起就是想給你幸福這種最終目的，

你沒有的嗎？

嗯，當然有啦，難道戀愛只是圖個高興嗎？

但是，要有很多條件去令那個最終目的實現；忠誠是其中一個元素，

我很愛那個人，但他對我不忠誠，如何可以視他為終身伴侶呢？

你不開那道門，就當給大家一次機會都不可以嗎？

為甚麼要我忍受呢？

因為你很愛那個人嘛。

我很愛他，但我也需要公平對待。

好的。門開不開，隨你喜歡，只要你知道那個後果便好了，最壞的打算是分手，不不不，分手也不算最壞；最壞的是，你知道他背叛了你，他知道你知道，大家口裏說要修補這段感情，但心裏各自有鬼，你看着他雙眼的時候是想看穿他的瞳孔內有沒有其他人；他看着你的時候在猜測你的眼神裏有沒有懷疑，你說多辛苦。

我真傻，想那麼多為甚麼？可能在門後面的是我呢？那我便不用在門外掙扎！

你說得對，能狠下心的人通常都比較快樂。

那你不會打開門，對不對？

不會，我會給你一個機會。

聽到房裏有聲呢？

夠啦，瑪嘉烈。

瑪嘉烈這一晚失眠，睡不着的時候最喜歡和大衛 Pillow Talk。

瑪嘉烈不會背叛他的情人，她只會光明正大地離開，

她深信這是一個德行。

am
03
21

吃鯨魚，好像和你一起犯法。
你沒有幻想過和你的情人一起犯法嗎？

25

吃鯨魚

陪我說話。
你想說甚麼？

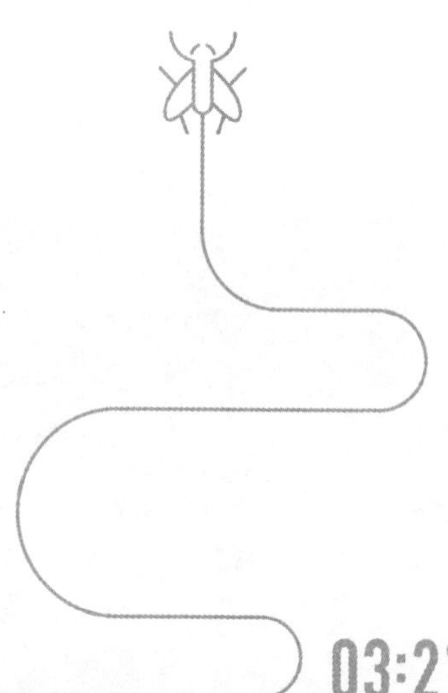

03:21

你會不會吃鯨魚？

鯨魚可以吃的嗎？

可以，日本人是吃鯨魚的，居酒屋有售。

已經有那麼多種類的魚，為甚麼還要吃鯨魚？捕鯨的過程很殘忍呢。

日本人甚麼魚都吃，他們也吃馬肉，還要刺身，難以理解。

幸好沒有狗刺身、貓刺身。

那你會不會吃鯨魚？

嗯……基本上不會，但是又不抗拒。

怎樣不會吃但又不抗拒呢？

是啊，不會主動找鯨魚來吃，但配合到天時、地利、人和，會吃也說不定。

例如和你去了日本，剛巧去到一個有鯨魚吃的地方，剛巧鯨魚當造，

剛巧你又想食，那我便會吃，要集齊這三個元素才構成吃鯨魚的可能。

如果我不想吃，你便不會吃。

不會。

哦。你會為我吃鯨魚？

也不算為你吃，你又應該不會逼我，但和你有一起吃鯨魚的回憶，是一件事。

為甚麼鯨魚的回憶會淩駕於吃腸粉的回憶？和我一起吃腸粉，不是一件事情嗎？

吃鯨魚，好像和你一起犯法。你沒有幻想過和你的情人一起犯法嗎？

那麼無聊的想法，又的確有嗝，以前看《天若有情》，

也幻想過有個華dee一般的男朋友，騎着他的電單車，載着我橫衝直撞，

他會用垃圾桶擲向婚紗店的櫥窗，給我拿套婚紗。

那是他犯法，不是你。

怎麼會呢？我穿了賊贓也是犯法；鯨魚，究竟是甚麼味道？

據講有點像鴕鳥肉。

你吃過鴕鳥？

當然啦，很普通的，「扒王之王」之流的餐廳有供應。

鴕鳥是甚麼味道？

很臉，霉霉的感覺，不好吃。

味道不好更加不應吃，不應該用受保護動物來製造我們的回憶。

那便不吃吧，吃腸粉、魚蛋、豬膶。

但是，我們吃豬、牛、羊、雞，又不保護魚蝦蟹，因為牠們不是瀕臨絕種，

所以便不獲保護，這是不是歧視呢？

……再說下去，植物是有生命的，吃菜也是殺生。有這種說法，

吃素的意思是吃一些不因你而死亡的生命，即是說，那頭牛病死，

吃牠有如吃素，吃素等如不殺生。

這個說法，好像有道理，又好像不合道理。那麼，鯨魚本身已死了的話，

吃牠便沒有問題？

假如你當這是吃素，究竟你是不是想試？

看天時、地利、人和，不排除有這個可能性。如果有一天，

我們真的吃了鯨魚，一起保守這個秘密好嗎？

一起保守這個茹毛飲血的秘密。

對，血淋淋的秘密。

好殘忍的秘密……

瑪嘉烈這一晚失眠，睡不着的時候最喜歡和大衛 Pillow Talk。

回憶之所以罕有，不在乎做了甚麼，而是在乎和誰做，

曾經和喜歡的人一起呼吸過，已經是一種珍貴的回憶。

外貌是跑道上的電兔，讓大家吸引了便功成身退，
之後的相處才是重要。

26

為你練

陪我說話。

你想說甚麼？

03:21

你覺得外表是喜歡一個人的重要元素嗎？

我想兩個本來不相識的人能夠互相吸引，外表應該是其中一個原因吧。

你喜歡我是因為我的外表嗎？

起初絕對是，都不認識你的為人，難道一開始便喜歡你心地善良、賢良淑德嗎？

由外表開始，吸引了眼球才有耐性去慢慢了解你的為人，由外至內。

男人都是這樣，先看外表。

對，要看你的靈魂，先看你的外表。

但我不是因為你的外表才喜歡你。

一定是喜歡我有內涵。

一定是。我通常都不喜歡俊男，穿西裝那些都不喜歡。

其實，女人為甚麼那麼喜歡 bad boy？男人不壞，女人不愛是非常犯賤的，好人好者的她們不愛，騎電單車的便迷上了；還有一見腹肌便流口水，有沒有聽過四肢發達，頭腦簡單？你看看那個謙謙。

你真奇怪，男人挑腿長的沒有問題，女人愛腹肌便有問題？性別歧視。

腹肌不能過世的。

長腿也不能。有一天我變了Before Midnight的Julie Delpy，又肥又殘，

你會怎樣？

到時候我也應該變成又乾又瘦的Ethan Hawk，大家扯平，無所謂，

況且感情可以持久，絕不會是因為對方的外貌，外貌是跑道上的電兔，

讓大家吸引了便功成身退，之後的相處才是重要。

女人可以愛男人的內涵，但我不相信男人會不在乎女人的外貌、身材，

你覺得女人那些botox是白打的嗎？

不是所有男人都是那麼膚淺的，而且你要對自己有信心，

要相信自己除了外貌之外，還有很多優點。不過，女為悅己者容，

我是不會反對你去美容的。我再強調，兩個人朝夕相對，絕不是單靠外表來維繫的。總有些男人是喜歡有思想的女人，不會永恆地追求年輕貌美，至少我不會，最怕沒有腦的女人。

如果我連性格、喜好也改變呢？

人就是會變的，二十歲的你和三十歲的你，到七、八十歲的你都應該不會相同吧。

那我變成怎樣你也能接受嗎？

變的不只你，我也會變的。

可是，我相信總有一些構成我這個人的元素是不會輕易改變的。

那會是甚麼？

腹肌。

你開玩笑嗎？在哪裏？

我的腹肌在心裏，為你練的。

如果這是甜言蜜語的話，我喜歡這一句。

我從不說甜言蜜語的。

真的嗎？

真的。

瑪嘉烈這一晚失眠，睡不着的時候最喜歡和大衛 Pillow Talk。

人總喜歡在一個框架內找尋對象，
於是有天發現對方走出了框架之外，便難以接受。
人是會變的，愛人除了真心也要有一顆不變心，
無論對方怎樣變，也如此這般的愛着他。

忘記一個人有時是很費工夫的，
如果還愛那個人的話，
保不保持聯絡、見不見、等不等，還是會愛着他的。

27

太認真

陪我說話。

你想說甚麼？

03:21

如果我不愛你，你會繼續愛我嗎？

有很多事情都是不由自主的，尤其是面對自己喜歡的人，不是他不喜歡你，你別過面不理睬他，便能忘記他這樣簡單。如果可以好像買餸一樣，呃你秤便以後不再幫襯，那有多好。對一份工，尚且也不能如此，何況對一個你愛的人。

如果你不愛我，我是不會愛你的。

我知道，你講過。不如我把問題掉轉問，假如你不愛我，你還想不想我繼續喜歡你？

很難答，不愛人還想得到愛是一種很自私的行為，我不想自己是一個那麼自私的人，但如果我還想你愛我的話，我一定還有一點點喜歡你。若果我對那個人沒有一點好感，一點感情都沒有的話，我根本不想他接近我，噓寒問暖，是很煩的。

那一點點喜歡又不足以繼續一起。

又或者我知道你還有一點愛我，不想就此罷休，我也不會忍心和你一刀兩斷，

做不成情人，做朋友吧。

你不愛我，但你又想藕斷絲連。你覺得再見真的可以亦是朋友嗎？

可以吧。

若果我很愛那個人，應該做不到。

若果你很愛那個人，更加應該跟他做朋友，排隊嘛，可能有一日會輪到你。

你覺得排隊有用麼？注定跟你一起的話，根本不用排。

你這說法真消極，愛是要去爭取的。

他都不愛你，怎麼爭？爭甚麼？還有，你說我不愛你的話，你是不會愛我的，

怎麼忽然又要爭取？

怎麼你臨瞓還那麼清醒？

如果是真的，也不錯。忘記一個人有時是很費工夫的，如果還愛那個人的話，保不保持聯絡、見不見、等不等，還是會愛着他的；但如果想為自己好，至少應該不見面。

多餘啦，香港有多大？避到過九龍、新界，也避不開 Facebook，避得開他的 Facebook 也避不開他朋友的 Facebook，這個世界很細的。

應該採取的方法是，繼續見、繼續做朋友，結果其實只得一個，就是有一天，你看着他的面孔時，那種讓你牽掛的感覺會消失了。

又為甚麼只得一個結果呢？你不是說排隊嗎？

這個想法是迫不得已，不想就此放手，又未看得開，唯有給自己這個 hidden agenda。那究竟如果我不愛你，你會不會繼續愛我？

我會不會繼續愛你？我愛你不是因為你愛我，我不愛你也不會是因為你不愛我。

我愛你是我的事，不愛你也是我的事，你影響不了我。

那你是說就算我甚麼也沒有做錯，可能有一天你會忽然之間不愛我？

你不知道嗎？放棄一段感情是不需要任何一方出錯的。

你又說得對，戀愛有時真的令人沮喪。

對的。

瑪嘉烈這一晚失眠，睡不着的時候最喜歡和大衛 Pillow Talk。

愛人不再愛你，不要覺得自己有甚麼不好、做錯了甚麼，
那時候的愛只不過是他為了滿足自己，愛不愛也與你無關。

愛的成分，不多不少總有一點佔有，
不想佔有你，愛極都有限。

28

PPP

陪我說話。
你想說甚麼？

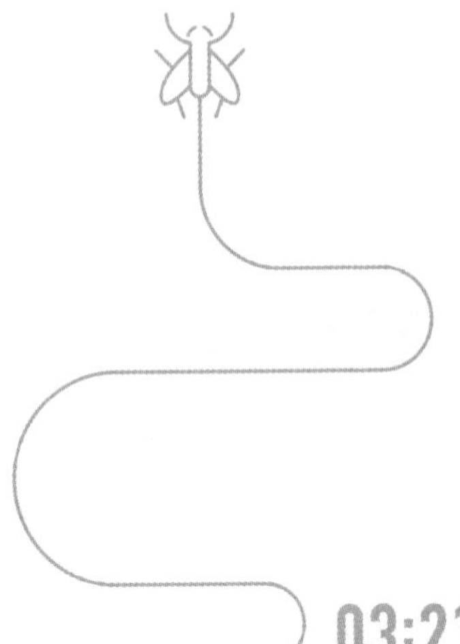

03:21

3P和open relationship你選那一種？

今晚那麼重口味呢。你這個問題有問題，3P實在應該是一次性，興之所至，偶一為之，對象可能不同；open relationship是兩個人持續的關係狀態，所以你將兩者並列一起比較是不太正確的。

我不理，你選吧。

open relationship是一個扭曲了的關係，兩個人一起搞甚麼會各有各去玩，和別人上床但又繼續一起，繼續說愛大家，我沒有這方面的智慧。

即是你選3P？

要認真考慮那第3個P是男還是女。是男的即是你或我要和那3P男乜乜，不論是你或我都不能；如果那3P是女的話，你介意我和那女乜乜嗎？又或者你可以和那3P女乜乜嗎？

女的你便不介意3P？這是你的答案。

如果你一定要我從3P和open relationship二選一，而3P當中那第3P是女的話，我便選3P。

為甚麼男不可以？

還要問？怎能讓你和其他男乜乜？

可以是你和其他男乜乜。

不會囉。

嗯。我不會選3P，男女也不，我個人不是那麼情慾的。open relationship反而有趣。

有趣在？

有趣在可以和其他人發展，但情人不會離開你之餘，連醋也不會呷。

那是雙方面的，他不呷你醋，因為他也和其他人胡混，你又接受到嗎？

真的不知道，究竟甚麼關係的情侶才會接受到open relationship？

大抵是瀕死的關係，橫又死，掂又死，但又未捨得分手，大家豁大家出去博一博，用其他人的參與刺激一下現在的關係，是精神上的3456P。

不對，不對，那些進行open relationship的人，他們本身擁有的關係不是瀕死，也不是鬧分手；想刺激本身的關係可能是真的，用一個open mind去維繫關係，就是不介意情人和其他人玩玩。

那麼無聊？兩個人一起本身已經很多試練，還不夠麼？不如說人是貪心，得一想二，又覺得自己得到的不夠多、不夠好，找個藉口讓大家出軌，還美其名open mind，點啊？這些關係很作嘔呢。

我不會接受你和另一個人行街睇戲食飯，拖手接吻上床，然後你還說愛我，這是精神分裂。

說真的，我也接受不到，不用拖手接吻上床，見到你和其他人行街也不可以。

嘩，那麼霸道嗎？

愛的成分，不多不少總有一點佔有，不想佔有你，愛極都有限。

我們還是3P算了。

對，3P好，多拿一個枕頭。

攬枕也可以。

好，枕頭、攬枕，4P。

瑪嘉烈這一晚失眠，睡不着的時候最喜歡和大衛Pillow Talk。

如果怎樣也不會和那個人分開，
是否代表在外面玩個翻天覆地也沒有問題呢？

準備死的過程已經滿足了想死的欲望，
不必真的去死，生命是可貴的。

29

講秘密

陪我說話。

你想說甚麼？

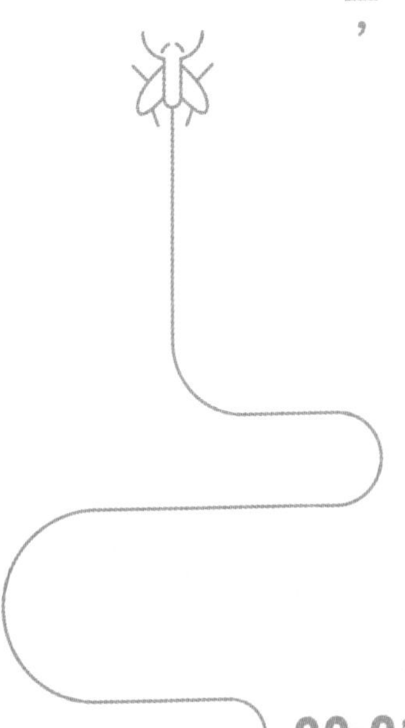

03:21

不如，我們交換一個秘密。

嘩……挖八卦嗎？

因為我想告訴你一件事，你不知道的，但就這樣告訴你好像不公平，

所以要交換。

那麼計較？我又沒有提出要聽。

那你聽不聽？

聽，你先說。

我試過想死。

甚麼？就這樣？想死這些念頭，人人都應該會試過，有甚麼出奇？

這就是你的秘密？

不是念頭，而是有實際行動，準備就緒。

那麼認真？怎樣死法？

那時流行燒炭，我預備好燒烤爐、炭、炭精，為了不讓人覺得我買炭是用來自殺，我還買了燒烤叉。

哈，很周全，有沒有買香腸？為甚麼想死？

失戀嘛。

那麼傻。

很傷心呢，忽然之間要分開，毫無先兆。我那麼愛他，他為甚麼不愛我？

別灰心，總有愛你的人，為甚麼死不去？

找不到打火機，我以為家裏有，於是沒有買。

都準備死，還孤寒一個打火機。

找了幾個小時，找得愈耐愈覺得我只是需要一個準備自殺的過程，想死，而且真的準備死的過程已經滿足了想死的欲望，不必真的去死，生命是可貴的。

◉ 這個體會可以用來減肥，想食，在準備食的過程已經滿足了……

○ 你很愛那個人嗎？

◉ 愛，不過現在想起來又不算太愛，時間過了，連有幾愛也記不清楚。

○ 那麼之後再有沒有人令你想死？

◉ 沒有了。不過是戀愛，這個不愛我便找另一個愛我的。

○ 為甚麼想告訴我呢？

◉ 不知道，就是想你知道，這也算是一件大事，你的秘密呢？

○ 其實，我真的沒有甚麼秘密可言，不過如果你要我告訴一樣你不知道的事情，

倒是可以的。

◉ 快點說。

○ 你一定不知道，每次和你見面後，如果我們要分道揚鑣，拜拜說過了，

我總會回頭再望你，有時望一眼，有時候回頭再回頭，直至看不到你。

我經常幻想如果你也同時回頭，我們望到大家，多浪漫！

可惜你總是一支箭般向前衝，頭也不回。

你有沒有看“Meet Joe Black”，Brad Pitt 就是這樣回頭、前行、回頭，

然後被車撞死了。

你可不可以浪漫一點？

為甚麼你要回頭望？不捨得嗎？

想多看你一眼咯。

你說真說假？我們天天見的。

為甚麼不？還有得看的時候要多看一點，世事很難料，分開之後未必可以再見。

很喜歡一個人才會這樣做。

那麼你現在知道我有多喜歡你吧，和我一起你是不會想死的。

瑪嘉烈這一晚失眠，睡不着的時候最喜歡和大衛 Pillow Talk。

找得到一個愛的人，可以泯滅所有厭世的念頭，

只會想自己身體健康，有多長命便多長命，根本不會捨得離開。

我不重視你，真的可以隨口說十句；
但問題是我重視你，我不知應該給你送上甚麼祝福。

30

祝福你

陪我說話。

你想說甚麼？

03:21

如果我和你分開了，你會否祝福我？

聖誕、新年、生日，少不免祝少少。

不是這些，會不會祝我找到個對我好的人？

真的不明白，既然你都不愛我，為甚麼還稀罕我的祝福？

我也不是白龍王傳人，祝福沒有靈驗的保證。

好來好去嘛，做不成情人，做朋友，朋友祝福朋友好平常的事。

你那麼多朋友，相信他們一個二個也會趕着祝你找到主好人家，多我一份祝福也不多吧。

那麼你是不會祝福我？

我當然想你幸福快樂，但可能未必想說出口。怎麼說呢？祝你愉快、祝你快樂、祝你幸福，這些行貨的程度等同一句生日快樂，真的好平常，我不重視你，真的可以隨口說十句；
但問題是我重視你，我不知應該給你送上甚麼祝福。
究竟應該祝你找到個你愛的人？祝你找個比我愛你的人？
祝你找到真愛？想要哪一款？
簡單一句祝福不可以嗎？
為甚麼你想從我這裏得到一句簡單的祝福，我可以給你更多，但你不要，
卻要一句簡單的祝福，為甚麼呢？
可能我就是知你對我認真，有你的祝福好像有個護身符。
多餘，知我認真但又要和我分手，又要我的祝福，所有女人都是這樣子的嗎？
還是你其實覺得要得到前度的祝福才代表那段感情完事了，
圓滿結束，沒有手尾？心安理得？
你想得真複雜。想得到你的支持，不可以嗎？

再講一次，我的問題是，我甚麼也可以給你，你不要，卻要我的支持和祝福，請問是甚麼心態？

你要知道做不成情人有許多原因，不是你甚麼也可以給我，便可以天長地久。

那還要怎樣？

很多原因的，例如timing……

其實我不贊同timing是一段感情的關鍵，不過這是另一個課題。

根本就是你不滿被飛，懷恨在心，所以不想祝福我。

如果我要和你分手，你會祝福我嗎？

會，當然會啦。

那只因為你不太愛我，所以沒有所謂。

我是不想和你一刀兩斷才希望你會祝福我。

我也是不想和你一刀兩斷才不去祝福你。

有人不想給你送上祝福，未必代表他不喜歡你。

有一種祝福是要那個人的喜怒哀樂都與你無關，才能送上的。

不選深刻的來記着，
只選快樂的，深刻的未必是快樂；
最深刻的都是難過的，怎麼也沒有理由選這些來記着。

31 那一天

陪我說話。

你想說甚麼？

03:21

你只可以記得我和你的一天，你會選哪一天？

我會揀我們在斜坡上遇到的一晚。

哪一晚？

那時我們還沒有正式戀愛的，只是你經常要我接你回家，

但過了不久又沒有了影蹤，那一晚是我們再遇。

哦……我記得了，為甚麼那晚你會在我家附近出現？

你把我弄得心猿意馬、忐忑不安、茶飯不思，想着你會否再出現、

想着和你應該沒有可能，幸好那晚又再遇到你。

緣分。

哪有這麼多緣分，就算是緣分也是我刻意製造的，故意在你家附近徘徊。

吓？真的嗎？為甚麼？

不知道，掛念你吧，當然也想偶然地碰見你。

你看到我的時候還頗冷靜的。

外表冷靜，實則脈搏奔流，心跳應該有二百。

為甚麼選那一晚呢？

因為我們四目交投的時候，你的笑容告訴我，你很高興再見到我，

那一刻我知道我們是有希望的；沒有那一晚，可能我們不會在一起。

那一晚都幾重要，不過為甚麼不選我們一起以後的日子呢？不是更快樂嗎？

我想記得你開始喜歡我的時候的樣子。況且，感情朦朦朧朧的時候最性感。

比我還性感？

對，比你還性感。有一天，甚麼也不記得，只記得那一晚，我的心跳，

你的笑容，已經夠了吧。你又會選哪一天呢？

我們行沙灘的那一天。

你就是喜歡我做一些不喜歡做的事情。

情侶總會行沙灘的，不知道你為甚麼會抗拒。

OK啦，那一天不太熱，但我們只行了一會，你便做起瑜伽來，實在難以理解。

你坐在一旁睡着了呢！

那一天是你最深刻的回憶嗎？

不選深刻的來記着，只選快樂的，深刻的未必是快樂；最深刻的都是難過的，怎麼也沒有理由選這些來記着。

我有個朋友每年都會記得和情人的分手紀念日，終於有一天他發現自己很笨，分手的年期比戀愛的日子還要長，為甚麼還要記着呢？回憶比感情還要長，應當選快樂的。

無論以後我們會怎樣，你記得斜坡那一天好了。

你也是，無論以後我們怎樣，你記得沙灘中的腳印好了。

瑪嘉烈這一晚失眠，睡不着的時候最喜歡和大衛 Pillow Talk。

03:21

記得快樂的，忘記難過的，這道理知易行難，太愛一個人的話，

只想會記得他的一切，不論他帶來的是快樂，還是痛苦。

我趁你走開的時候把蝦撈了上來，我把牠們剝殼，
然後當刺身吃了。

32

夢中見

陪我說話。

你想說甚麼？

03:21

昨晚發了一個很奇怪的夢。

為甚麼今朝不說，朝早講印象最深，隔了一整天，可能已記不起細節。

因為那夢太怪，所以記得很清楚。我發夢去了你的家，客廳放了一個魚缸，

但魚缸沒有魚，只有幾條水草和幾隻蝦。

蝦？

對啊，你告訴我是朋友把蝦寄養在你的家，其中一隻蝦還是變種來的，

有四隻腳。

那麼恐怖？是噩夢呢。

之後，我趁你走開的時候把蝦撈了上來，我把牠們剝殼，然後當刺身吃了。

嘩！

吃了之後便覺得很慌張，怎麼辦呢？然後我便偷偷離開你的家，

去到街上見到一家水族店。水族店差不多要關門，

我衝了入去問老闆有沒有現在很流行飼養的生蝦；

老闆說：有啊，這些就是。他邊說邊拿起一隻蝦，

我問他那是甚麼蝦，他說這是由北海道來的牡丹蝦。

嘩哈哈哈……難怪是刺身！

我心裏很害怕你會發現我吃了那幾隻蝦，又怕再買的牡丹蝦和你那些不相似，

正在擔心的時候，我意識到這只是一個夢，我便醒來了，很可怕。

你的夢又幾奇怪，我做的都很真實，有時候還會像連續劇一樣，

過了幾天接着做前幾天的夢。

這些夢有沒有解釋的呢？發這些夢很疲累，感覺十分之真實，

差點要在夢裏尖叫。

我上個星期發了一個夢，醒了之後真的想尖叫。

甚麼夢？

很無聊的。我和朋友在喝下午茶，戶外地方，陽光普照，我們坐在高櫈正在聊天；然後你便出現了。原來，你也認識我的朋友；之後你坐下來，忽然將你的一雙腿擱在桌上，你的鞋尖，差不多掂到坐在對面那個朋友的鼻尖。

嘩哈哈哈……，你是不是嬲爆？

對，你穿了一條很熱的褲。

夏天當然穿熱褲。之後怎樣？

之後，我們便離開。在離開的時候，有飛仔撩你。

飛仔？？老夫子那些？

看不到是不是長毛，但我聽到一個男人聲，以輕佻的語調說：嘩，你好索呀！

嘩哈哈哈……很白癡呢！

我當然很嬲，於是把你連推帶拖的，拖離現場。

○嘩哈哈哈……你剛才說這個夢是甚麼時候發的？

◉上星期左右吧。

○為甚麼你隔了一個星期還記得那麼清楚，你不是說隔了一天已不會記得細節嗎？

◉你那雙擱起的腿印象太深刻了，不過發夢始終是發夢，夢中你那雙腿 Julia Roberts 一樣呢，現實那有這麼長。

○嘖。

瑪嘉烈這一晚失眠，睡不着的時候最喜歡和大衛 Pillow Talk。

情人互相夢見對方，總是一件溫馨的事情，內容是甚麼，管他呢。

婚姻就是包括當二人之間的愛情已褪色，
仍然會在一起，因為愛情已變成了感情、親情，
愛情變了愛。

33

談婚論

陪我説話。

你想説甚麼？

03:21

我們離婚吧。

離婚之前，我們先要結婚，我們還未結婚呢！

我知，我只是模擬一下究竟王菲是怎樣開口說離婚，究竟對一個人，或者一段關係心淡到甚麼程度才會說離婚。

這個只有她才知道。

你會不會和我離婚？

不會，如果我和你結了婚，我便不會離婚。

那麼肯定？人是會變的。可能和你結婚之後我性情大變，貨不對辦，打老公，都不離嗎？

有些人是屬於不結婚類，我是屬於不離婚類。婚姻是要尊重，是 commitment，認定了便是認定了，不認定便不要結，結了不會輕易離。

不過，可能你想和我離婚，那便沒辦法。

如果你性情大變，貨不對辦，打老婆，我一定離婚。

打老婆的話你應該先報警。

我是會結婚和會離婚的類型，不代表我不尊重婚姻，如果已經不愛那個人，

我覺得沒有理由再一起，這也是對婚姻的另一種尊重。

不愛就是離婚的原因？婚姻就是包括當二人之間的愛情已褪色，

仍然會在一起，因為愛情已變成了感情、親情，愛情變了愛。

中文真是奇妙，愛情和愛是有分別的，但英文一樣是LOVE。

你的道理我明白，縱使我不同意；你以前有沒有試過想結婚？

都有的，如果我告訴你，我試過逃婚，你信不信？

你？男人之家逃婚？

嗯，談婚論嫁的階段，但我發現只是因為她很愛我，

我覺得和她結婚是一個責任，那不是愛。

對方可能愛你愛到不介意呢……你有那麼可愛嗎？
不能欺騙自己，而且結婚是一世的。
那你去到甚麼階段才反悔？
一起去看結婚戒指的時候，完全不雀躍，我便知道答案。
哦，幸好未派帖。
一定要有很愛的感覺才會和那個人結婚。你呢？有過結婚的打算嗎？
有，每個女人多多少少都有為結婚這件事盤算過，
十八歲的時候覺得最遲最遲廿八歲要結婚，過了廿八也無迹象便推到三十三，
三十三也過了便寄望三十五，然後開始對自己說隨緣啦，
不要因為數字而妥協，不要因為想結婚而結婚。
不要因為想結婚而結婚，很多女人也是因為想結婚而結婚，
說甚麼“The clock is ticking”真蠢。

對，多鬼餘，我也是要有很愛的感覺才會想跟那個人結婚的。

那祝你找到個你很愛的人，然後和他結婚。

好的，你也是。

瑪嘉烈這一晚失眠，睡不着的時候最喜歡和大衛 Pillow Talk。

在一段婚姻之中拉鋸又是一件令人沮喪的事情，
於是我們便忘記了當初相信過的一生一世。

公積金真金白銀供款也未必有回報，何況感情？

34

救生圈

陪我說話。

你想說甚麼？

03:21

如果你的情人當你是救生圈，你會怎樣？
好啊！證明我可靠，有甚麼問題？
她未必是愛你，只是希望有個依靠。
喜歡的人肯依靠你，代表你有能力，不好嗎？
況且我不相信你會去依靠一個你一點也不喜歡的人，
你去買泳衣也會選喜歡的，對不對？
有些人會恃着你喜歡他們，把你當成理所當然。
喜歡人總要付出的。
但是可能沒有回報。
公積金真金白銀供款也未必有回報，何況感情？戀愛一想到要回報，太現實了。
付出了，為甚麼不能要求回報？
每個人愛人的出發點都不同，你當然可以渴望對方給你同等的愛。

我不會要求同等的愛，我只希望不要被人“take it for granted”，你愛人的出發點是無止境付出嗎？

我只希望我的愛可以給她快樂、安全，所以她當我是救生圈是沒有問題的，只要她不當張三李四都是救生圈便可以。

但是，這樣的話關係未必可以長久，她不需要水泡的時候就會把你一腳伸開。

感情總會因為不同的原因而結束，不是因為他不愛你，就是你不愛他，或者有人比你愛他，我盡了力便心安理得。

心安理得是安慰自己的說法。

如果我盡了力做好一個救生圈都不能把愛人留住，我還可以做甚麼呢？

所以問題就是，當發現她當你是救生圈時便要立即抽身而去。

抽身比抽脂更難呢。那個是你愛的人，他需要你，他想你留低，你會拒絕嗎？

我知道好男人永遠比不上壞男人，但不能因為壞男人較吸引，我便去做個壞男人。

不是要你去做壞男人，至少不做蠢男人好嗎？

你不當我是救生圈，我便沒有機會做蠢男人。

我不需要救生圈。

那麼你需要一個怎樣的男人？

需要一個愛我的男人。

那就對了，你應該選愛你的人，不要選需要你的人。

你不是這樣說的，你說做救生圈也沒有問題。

我做救生圈沒有問題，你不能做別人的救生圈，蝕底的你不要做，

你要、你會、你應該、你可以得到一個全心全意愛你的人。

往哪裏找？

我以為你已經找到。

你說你自己嗎？

有人喜歡做救生圈，有人需要救生圈，
世事沒有公平不公平，能夠各取所需，就是完美的結局。

這裏的快樂有兩種，
一種是來自自己，
一種是把快樂建築在別人身上。

35

快樂是

陪我說話。
你想說甚麼？

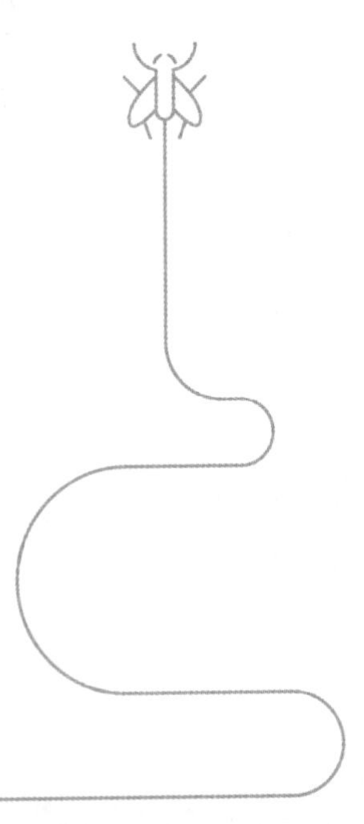

03:21

快樂是甚麼？

快樂……快樂時要快樂。

這句說話有問題，快樂的時候當然是快樂，如果不快樂根本不會覺得那是快樂，不覺得那是快樂的話，為甚麼要叫自己快樂？

有些人在應該快樂的時候，都會不肯讓自己快樂起來，就算是很快樂的時候，也會有很多懷疑，很多擔憂。例如結婚，應該快樂吧，但新娘翹着你時又開始擔心，我們能白頭到老嗎？或者不會想到那麼遠，可能只擔心今晚洞房的時候還有沒有精力；所以快樂時要提醒自己，喂，現在要快樂，不要想那麼多。

要提的快樂就不是真正的快樂，快樂的感覺是會令你忘掉一切煩惱，生老病死、生離死別，甚麼來的？連經期還未來，卡數還未清都不會想起，快樂是能夠忘憂，不能忘憂的不是快樂，要提自己快樂，那些根本不是快樂。

你有你的道理，不過太理想，快樂未必那麼震撼，有些快樂是小型的，例如十一點半去到「大家樂」，還有早餐供應，此等小事也應該快樂。事件好像很少，但精神上不少，這個遭遇告訴你，以為沒有的，原來還有機會。

想到這麼深，快樂不起來。因為想到這一步，那人本身一定在其他事上面等候一個機會。

那快樂是甚麼？分享一個你覺得快樂的 moment 來聽聽。

蒸到一條剛剛熟的魚，毫釐不差，骨肉蜻蜓點水式的黏着。

那我的快樂 moment 當然是吃到一條剛剛熟的魚。

這裏的快樂有兩種，一種是來自自己，一種是把快樂建築在別人身上。

你那種比較笨，快樂應該自己掌握。

你又説得對，不過快樂建築在別人身上，也可建築在自己身上，我不會一味依賴別人給我快樂的。況且表面上是被動的快樂，但說到底會不會因為那個人而快樂起來，我還是有主動權的。

你覺得快樂是簡單，還是不簡單？

簡單可以快樂就是不簡單。

甚麼是簡單可以快樂？

例如一上床數三聲便睡着的，便是快樂。

嗯……我覺得不是，熄燈之後，入睡之前那段時間很寶貴，可以想得很遠。

人人對快樂的解釋也不同，不過思想簡單的人應該快樂一點。

快樂重要嗎？

應該是，生日快樂並不是浪得虛名。

快樂不會長久，會褪色，只是會記得曾經為那件事，那個人快樂過，

但再要回想那刻快樂的感覺，又想不起來，快不快樂有天總會過去，

但我們又希望得到這些始終會過去的感覺，不是很無聊嗎？

人生就是不斷的得到，失去，再得到，沒完沒了。

大整蠱。我想睡了……

瑪嘉烈這一晚失眠，睡不着的時候最喜歡和大衛 Pillow Talk。

快樂雖然會過去，但是那一剎的快樂，
可以抵得住人面全非、地動山移，末日之後想起，仍然令你微笑。

生命的終結是所有事情的盡頭，不到你不捨得的。

36 永恆的

陪我說話。

你想說甚麼？

03:21

你知道今天是陳百強的死忌？

是嗎？不知道呢。

他一九九三年死的，二十一年了。

有那麼久嗎？

看着自己的年紀逐漸追近他，這個感覺很奇怪，明明他是一個大人，怎麼有一天我的年紀會比他大呢？他死的時候三十五歲，然後便停了，沒有三十六、三十七、三十八……你覺得人死了之後會去哪裏？

如果從宗教的層面來看，靈魂總可以被處理，輪迴又好，上天堂都好，不過我沒有信仰，所以我只相信人死了便化灰，和今生今世保持一個永遠的距離。

和今生今世保持一個永遠的距離，都好的，死了一切應該告一段落，但靈魂們應該有另一個空間。

靈魂有沒有另一個空間重要嗎？覺得死了的人存在於另一個空間，

這可能只是我們一廂情願，只因為我們還捨不得他們離開，不想接受他們灰飛煙滅的事實，換個講法令他們存在。

你不肯接受死人有另一個空間，是你想說服自己他們真的離開了，要說服也是因為你未能夠接受。你覺得相信灰飛煙滅可以減輕死亡帶來的痛楚，我相信靈魂還有去處，寧願相信他們在另一個空間過得快樂，也是幫助減輕死亡帶來的衝擊。

我們的目的是一樣。

不過處理方法不同。你死了之後，如果可以讓你在人間流連，你會想嗎？

想，我會想繼續看着你，陪你曬太陽、看電影，人鬼情未了一番。

你不是贊成人死燈滅嗎？

我贊成看待別人的死亡，應該抱着人死燈滅的態度，但如果死的是我，因為這一刻我還有記掛的你，所以我不捨得就此和你天人永隔；

但是到了八、九十歲才死又是另一回事，到時應該甚麼都放得低。所以，我盡量希望比你遲死，你死了的話，可能我會期待死亡的來臨也說不定。不論我的人生走到哪一階段，我死了的話，我急不及待要離開，告一段落便真真正正的畫上句號。

你不會不捨得嗎？

有甚麼不捨得，最後都要放手，生命的終結是所有事情的盡頭，不到你不捨得的。如果還和人間糾結着，死亡是沒有意思的。

死亡有意思嗎？

死亡才是永恆，生命最多一百年，死亡是沒有盡頭的，終究我們都會知道甚麼是永恆，可能許多一直得不到的答案，死了之後便會知道。

不需要等到死亡，我已經知道甚麼是永恆。

我知道，我感覺到。

真的？

陳百強有首歌叫《永恒的愛》。

瑪嘉烈這一晚失眠，睡不着的時候最喜歡和大衛 Pillow Talk。

愛是永恆但愛情不一定是永恆，

抱着追求永恆的心態去尋找愛情，注定是痛苦的。

am
03
59

連太陽從東邊升起這件事也不是永恆，
還有甚麼是永恆？

37

危機感

陪我說話。

你想說甚麼？

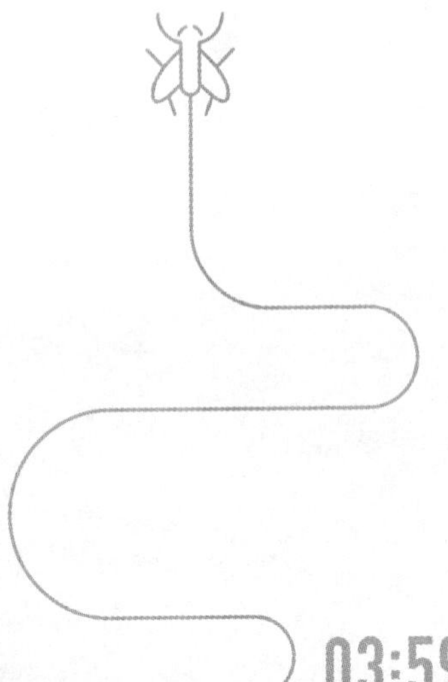

太陽從東邊升起是不是永恆不變？

不是，太陽從東邊升起是因為我們在地球，太陽根本沒有動，是地球在自轉，所以我們覺得太陽從東邊升起，西邊落下。假如，我們在火星，太陽不會在東邊升起，這和永恆完全沒有關係。

連太陽從東邊升起這件事也不是永恆，還有甚麼是永恆？

大概是地心吸力吧。

為甚麼你不說你給我的愛是永恆？不是嗎？

你的問題真尖銳呢，有些事情說得太盡是不好的。

說得太盡便沒有轉彎餘地？

說得太盡便會覺得是理所當然。

我的人品那麼差？

是我不想自己覺得理所當然，和愛的人一起要時刻保持一個危機感。

甚麼？

危機感就是覺得這個人，這份愛不一定永遠屬於你。

如果一開始已經覺得會永遠愛一個人，人就會懶惰起來，都已經是定局，都不會再愛其他人；

一旦有了這個想法可能不會再落力愛你多一些。

我只要安全感。

因為我有危機感才能給你安全感。

你不告訴我永遠愛我是為了給我安全感？

難道你還不知道我有多愛你？

你想聽真話嗎？

說吧。

我真的不知道，我覺得你所謂的很愛是你要自己說的，好像你要說服自己要很愛這個人，而不是真的很愛，我知你愛我，但不如你口中的很愛。

哦，原來是這樣。

可能是你的危機感影響了你，經常患得患失，又怕給我太多愛，我會走；又怕給我不夠愛，我又會走，你迷失了啦。

世間上最令人氣餒的事情，大抵就是這一件。

其實，你是不是很怕我會離開你？

不是很怕，不過是失戀，我只是怕你遇人不淑。

怕我遇人不淑？談戀愛這一科我很在行的。

愈醒的人愈容易遇人不淑，常常以為自己很聰明，很了解男人，你想到一般男人想不到的又如何？最後可能栽在一頭豬手上。

那怎辦好？在你那發自危機感的安全感下和你繼續戀愛好不好？

答應我，有一天你不再和我一起的話，不要讓其他人傷害你，失戀一次已經夠，不想看到你傷心，我又跟你再傷心多一次。

你現在愛我才會這樣說，到了我和你分了手，你才不會再理我。

總之你記着，太陽可能未必從東邊升起，但你總是在我心裏的。

真的嗎？

真的。

瑪嘉烈這一晚失眠，睡不着的時候最喜歡和大衛 Pillow Talk。

太陽未必從東邊升起，但給陽光照耀過的日子，
那份溫暖，瑪嘉烈和大衛都不會忘記。

你靜止時，沒有動作，沒有說話，
我們不是在溝通，你不是在取悅我，
我也沒有對你提出任何要求。

38

靜止中

陪我說話。

你想說甚麼？

03:59

你有沒有試過偷拍我？

你怎麼知道？

我也試過偷拍你。

偷拍情人是一種正常而普遍的戀愛行為，喜歡才會偷拍，這跟合照不同，我比較喜歡偷拍。

真的？喜歡偷偷摸摸？

偷拍出來的影像，紀錄了當時有多喜歡那個人，鏡頭背後總是最真的；在鏡頭前，大家的笑容都是修飾過。

你甚麼時候偷拍我？

很多時候都偷拍，吃飯時、走路時、看電視時……

為甚麼不給我看？

偷拍是為自己的收藏，給被偷拍者看便失卻了偷拍的意義。

一直都不會給我看嗎？不要忘記，我也有你的偷拍照，我們可以交換。

你又在甚麼時候偷拍我？

在你睡覺的時候。

全部都是？

對。

為甚麼要拍人睡覺？沒有聽過拍睡覺照會攝走人家的靈魂嗎？

想留低你靜止的模樣。

有啥特別？

會讓我更了解喜歡你甚麼，有些感覺，靜下來，輪廓才會清晰。

靜下來的輪廓，甚麼輪廓？

愛你的輪廓。

那是怎樣的？

漸漸看清楚，喜歡你甚麼。

要我睡覺時才看到？

睡覺時看更清楚。

我不明白，此話何解？

你靜止時，沒有動作，沒有說話，我們不是在溝通，你不是在取悅我，我也沒有對你提出任何要求，你只是一個在呼吸的生物。看着你，還有種愛着你的感覺，然後你種種優點，我喜歡你的一切便會浮現出來。

浮了我穿救生衣的模樣？

很多，令我愛你的原因。

對你體貼入微、無微不至那些？

其中之一。

為甚麼要靜止才想到，平時感覺不到嗎？

感覺到，但是當初愛上那個人的原因往往會因為相處而漸漸被隱藏，

有時候需要提醒一下自己。

那為甚麼要偷拍呢？只看着不夠嗎？

你睡着的時候，愛你的感覺最強烈，所以想留念。

那就慘，即是我永遠都不會感受到那種強烈……我經常比你先睡着嗎？

當然。

一半一半吧。我也看過你熟睡，不過沒有拍照，怕攝走了你的靈魂怎麼辦？

看着已經夠，我在你身邊能夠令你放鬆得有鼻鼾，我也覺得很安心。

鼻鼾？你發夢。

你不信？那你先睡，我錄音給你。

瑪嘉烈這一晚失眠，睡不着的時候最喜歡和大衛 Pillow Talk。

發覺對愛人的熱情減退了，試試看着他熟睡的樣子，將退卻的感覺靜止，讓愛的感覺在靜止中再度發芽，這個方法，瑪嘉烈覺得很有效。

有第二次是因為第一次質素一般，不忿氣，所以再去，怎知還是被騙。

39

林東芳

○ 陪我說話。

◉ 你想說甚麼？

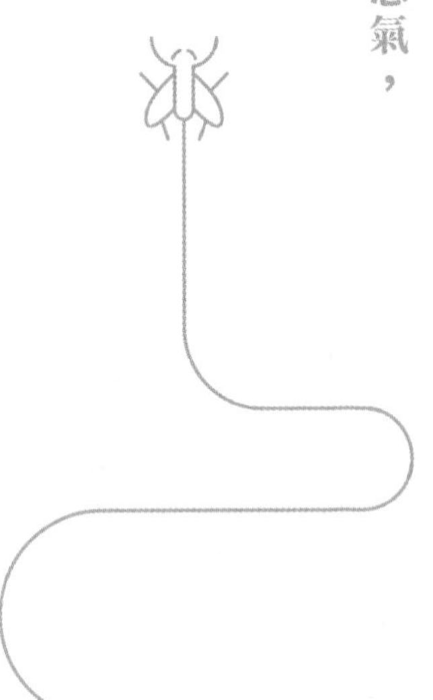

○ 你有沒有去過「林東芳」？

◉ 牛肉麵？

○ 對。

◉ 去過啦。

○ 好吃嗎？

◉ 沒感覺，都是一碗麵，它有甚麼特別？

○ 人人都說它很好。

◉ 其實我去過兩次，印象麻麻，人人都說好，於是打了個底，覺得它應該是好味，明明味道一般都會覺得好正，心理因素影響味覺。

○ 和甚麼人去吃也是會影響味道的。

◉ 對，有些人令到本來好味的變成無味，你喜歡「林東芳」嗎？

○ 印象很差，我試過和男朋友在那裏鬧交。

◉去旅行鬧交是一件十分掃興的事情，鬧甚麼？

○因為油膏。

◉甚麼油膏？

○「林東芳」有些油膏讓人加進牛肉麵，我好心為他加，怎知他黑面，說我破壞了那碗湯的味道。

◉吓？食神嗎？那碗湯有甚麼大不了，大不了再點一碗，用不着黑面吧。

○對，所以我對「林東芳」沒甚麼好感，你是和甚麼人去的？

◉我？自己去。

○兩次都是？

◉對。

○為甚麼第一次去完之後，沒甚麼好感又會再去？

◉有第二次是因為第一次質素一般，不忿氣，所以再去，怎知還是被騙。

聽人說去那裏吃麵是要碰運氣的，而且有幾個師傅，要看彩數。

那更加不會再去，彩數留給六合彩，

為甚麼質素沒保證的卻會得到那麼多包容？全台北也是牛肉麵，

為甚麼一定要去那家？人真是犯賤，明知會失望也要繼續。

你也上過當，一樣給了它兩次機會。

給第二次機會是為了公平。

和「林東芳」很熟嗎，為甚麼要對它公平？

公平是一視同仁，你也應該給「林東芳」多一次機會，

不要因為那次不愉快經歷讓自己錯過一碗有可能喜歡的麵。

那次是食而不知其味，我們一起再去好嗎？

我已經被騙兩次，不會再去。

可能和我一起去會有驚喜呢！

可以去試試另一些嗎？找尋屬於我們的牛肉麵，台北有很多很多，我們逐家去試，不要再和「林東芳」糾纏了。

我想你和我一起去被騙。

這是甚麼心態？

一起被騙很溫馨。

那我嘗試裝蠢。

要裝的嗎？

瑪嘉烈這一晚失眠，睡不着的時候最喜歡和大衛 Pillow Talk。

瑪嘉烈覺得有大衛跟她一起，遇上甚麼騙子她也不會怕，
何況區區一個「林東芳」。

有些夫妻，婚姻生活悶得發慌，
感到有危機便想生個孩子來挽救婚姻，
養貓狗都是這個出發點。

40

養一世

陪我說話。
你想說甚麼？

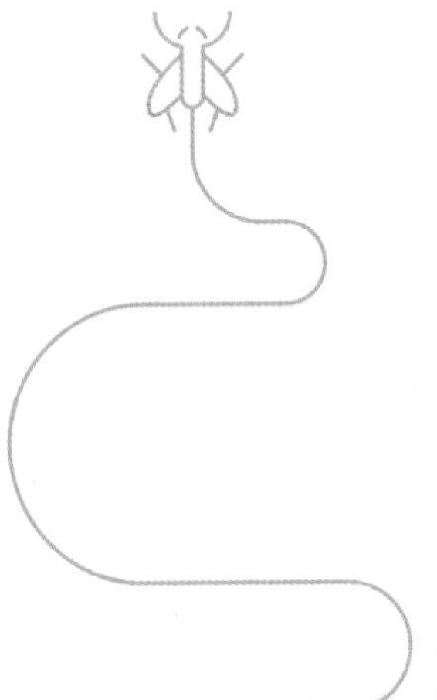

03:59

不如養隻貓或者狗。

跟我一起很悶嗎？

和養貓狗有甚麼關係？

要引入第三者回家，是需要調劑的表現。

養貓狗不是用來調劑的。

怎會不是？有些夫妻，婚姻生活悶得發慌，

感到有危機便想生個孩子來挽救婚姻，養貓狗都是這個出發點。

我不是這樣想，養貓狗是想給牠們一個家，真心喜歡才好養，你不喜歡嗎？

老實說，本來我是喜歡狗多於貓，但有一頭狗咬過我，

自此之後，對狗便存有戒心；貓，好一點，很少咬人也比較寧靜。

那不如養隻貓？

嗯……我未養過。

一起養。

貓要不要walk牠？

walk甚麼？狗才要walk，貓，你想walk，牠也不會陪你walk。

嗯……你會不會是怪獸家長？

甚麼怪獸家長？

不放狗落地行那種，把狗放在嬰兒車推出去散步那種。

你當我鄺美雲？

你會不會養了貓之後，愛貓多過愛我？

不想養便說吧，不要問那麼多無聊的問題。

也不是，只是……牠們的壽命太短，對了十多年，感情應該很深厚，

看着牠們離開，是一件難過的事情。人生本來已經那麼多生離死別，

為甚麼要為自己多添一樁？

那只是不想負責任的藉口，你每次失戀之後便不再戀愛嗎？

還不是快快找另一個？

不是不想負責任，只是不想付出。

怕甚麼？貓貓狗狗不會變心，不會出賣你，比人忠誠得多。

一隻死了，再養第二隻。以前養過一隻狗，才四歲，身壯力健。

有一天不知在街上嗅了些甚麼，回家後嘔吐大作，然後「嗚」一聲就斷氣了。

一定很傷心。

當然啦，哭得死去活來。不過，我不會因此而放棄養寵物，

你永遠不會知道給寵物一個家對牠們的意義有多大。

你是有道理的，你喜歡的話便養吧，一起養，供書教學，喜歡甚麼貓？

沒人要那些，領養就可以，不要買。

但是，那些在寵物店的也很可憐，整天困在籠裏。

○就是因為不想助長那些人用不人道的手法繁殖貓狗，沒人買就沒那麼多人去繁殖。而且，那麼多遭遺棄的動物，為甚麼不領養？

◉嗯……你又有道理。那將來如果我們想要小孩子的話，你會不會選擇領養？世上也有很多孤兒。

○嗯……我還未想過要養人，可能一直養動物，愈養愈多，養一世。

◉贊成，養動物簡單一點，養一世沒問題，改甚麼名字好？

○養貓叫貓仔，養狗叫狗仔。

◉也好，簡簡單單，貓仔狗仔龜仔……如果是女的怎麼辦？

瑪嘉烈這一晚失眠，睡不着的時候最喜歡和大衛 Pillow Talk。

無論話題是甚麼，到最後他們總能達到共識，
瑪嘉烈知道大衛總會遷就她的。

幸福是你愛的人愛你，不是你不愛的人愛你。

41

說情話

陪我說話。

你想說甚麼？

03:59

你聽過最感動的情話是甚麼？

感動……一時之間想不到，我的情人很少感動我，通常我感動她們。

你一定聽過很多的感動情話。

我就是在想這個問題，有甚麼說話我是覺得很感動的呢？

首先，一定不是「我愛你」。我對「我愛你」這三個字沒有很大的感覺，幾乎所有和我戀愛的人都急不及待的對我說「我愛你」，聽得多，慣了。

有時對着愛的人真的會情不自禁想說「我愛你」，不過更多的時候是以為對方想聽，所以說出來。我留意到你很少說這些，還是你只是不對我說。

除了聽得太多也因為以前把這三個字說得太多，漸漸發現"I love you"「我愛你」其實真的很虛；說是為了交功課，又或者其實是想說服自己真的愛這個人，所以把「我愛你」掛在口邊。

那甚麼說話對你來說有感動你的能力？

曾經有個人對我說想給我幸福，這個頗感動，因為很少人這樣說。

幸福比「我愛你」還要虛。

我也不知道幸福是甚麼？怎樣才算幸福？我以為他愛我，我便會覺得幸福，

我以為他將所有愛都給我，我便會覺得幸福，但原來我根本不想要。

很深奧，沒有人會不想要幸福，只不過可能你想要的幸福不是由那個人身上得到。

幸福是你愛的人愛你，不是你不愛的人愛你。

我不是不愛他，只是……

不是他吧？

也許，你知不知道我最喜歡你說甚麼？

甚麼？

瑪嘉烈。

瑪嘉烈？

每次你叫我的名字，我也很歡喜，

我聽得出由你口裏説出的「瑪嘉烈」是跟其他人不一樣的。

你真的聽得出？

對。

但是，你很少叫我的名字。

大衛。

我是。

大衛，你會不會永遠愛我？

瑪嘉烈，你想不想我永遠愛你？我怕我説永遠愛你，會嚇跑你。

你想我永遠愛你，我便永遠愛你，你不想我永遠愛你，

我便不告訴你我會永遠愛你；只是不告訴你，但會繼續愛。

彈性那麼大嗎？

是配合。

我今晚想。

好的，今晚永遠愛你。

謝謝，大衛。

別客氣，瑪嘉烈。

瑪嘉烈這一晚失眠，睡不着的時候最喜歡和大衛 Pillow Talk。

情話有很多種，「我愛你」、「我想你」、「你是我的太陽」、「雨天沒有你便不是雨天」，

但瑪嘉烈覺得大衛只需叫她的名字已經足夠，

其他的都不需要說太多。

去時鐘酒店不會覺得男朋友變了嫖客，
自己變了妓女嗎？

42 變色龍

陪我說話。

你想說甚麼？

03:59

你有沒有去過時鐘酒店？

甚麼？

時鐘酒店。

沒有。

真的沒有？

沒有很出奇麼？

如果女朋友叫你去，你去不去？

不會有這樣的事吧，第一，那方面很少女性做主動，至少我沒有遇過，

就算有的話為甚麼不回家，又就算無家可歸也好歹去找一個正經的酒店，

不需要淪落到去時鐘酒店吧！

去時鐘酒店很淪落嗎？

先不說那些床的衛生程度，去時鐘酒店不會覺得男朋友變了嫖客，

自己變了妓女嗎？這些場所只適合進行性交易，怎會適合情侶？

那是另一種情趣吧。

你去過嗎？何情趣之有？

很多年前去過一次。

甚麼？沒有場地嗎？

不是沒有場地的問題，是有一種扮偷情的感覺，很刺激。

哦，你喜歡角色扮演遊戲，有沒有扮醫生和護士？

這是兩回事，role play 和偷情是不同的。

偷情是你的 role play，你不是真的偷情，你是偷偷摸摸去開房，怕撞見熟人當偷情。

哈哈，你很不滿意我去時鐘酒店嗎？

污糟。

哈哈，有些高級一點不會污糟。

精神上的污糟，為甚麼不找家酒店？

都說就是喜歡時鐘酒店的氣氛，用完即棄，很爽快的。

是你要去開房，還是對方要？

當然是對方提議，我覺得這個建議幾大膽，又沒有試過便試試吧。

甚麼人會提議和女朋友去時鐘酒店？

嚴格來說，我當時不算是他的女朋友。

甚麼？不算女朋友都上床？

有甚麼問題呢？性和愛是可以分開的，不代表可以和陌生人上床，

但約會了幾次，上床像是其中一個約會的節目，吃餐飯、打場波一樣，

都是溝通的一部分。

你的思想都幾前衛。

怎會是前衛，只是不保守而已。

我不能和只有幾分喜歡的人上床，一定要十分喜歡才可以。

可能本身只得幾分喜歡，但是上完床之後會十分喜歡呢？

那只是情慾堆積出來的好感，情慾不應該佔喜歡一個人的太多分數。

那你喜歡我，不包括喜歡跟我上床麼？

當然包括，但不是令我愈來愈喜歡你的原因。

如果那是我愈來愈喜歡你的原因呢？

不會吧……

甚麼令你愈來愈喜歡我呢？

可能喜歡你咄咄逼人吧。

如果我說想跟你去時鐘酒店，你會嗎？

瑪嘉烈這一晚失眠，睡不着的時候最喜歡和大衛 Pillow Talk。。

事實是，瑪嘉烈根本沒有去過時鐘酒店，為甚麼要撒這個謊，她也說不出，可能是她想大衛覺得她不是一個太認真的人，這是保護自己也是保護大衛。

真的喜歡那個人，怎會介意和他去甚麼地方吃飯？

43

麥當勞

陪我說話。

你想說甚麼？

03:59

你覺得女人肯和你去吃「麥當勞」是一回事嗎？

這個問題真奇怪，吃「麥當勞」等如吃砒霜嗎？有甚麼出奇？

他們說男人一生之中就是最想找一個和他們吃「麥當勞」的女人，

肯吃麥記就是娶得過。

只有沒甚麼志氣的男人才會有這個願望吧，

怎會不是想為自己的女人帶來大魚大肉，

甚麼也未做就先要人家和你清茶淡飯，甚麼心態？

如果真以找一個肯吃「麥當勞」的女人為目標，他們應該返大陸去農村找啦。

他們想找一個不貪慕虛榮，不那麼介意男人有沒有錢的女朋友吧，

肯吃「麥當勞」是其中一個指標。

還是不能理解，「麥當勞」有甚麼不好？

你真的有所不知，現在有一脱港女，要她們吃「麥當勞」、「大家樂」，

她們會十分不滿，好像很委屈似的。

我也不明白那些女子的思維，真的喜歡那個人，

怎會介意和他去甚麼地方吃飯？

或許她們當拍拖是旅行，而大部分都希望那是個豪華團。

總之，兩種心態也不對，男友帶你去鋸扒會加分，女朋友不肯吃快餐會減分，

戀愛是這樣子的嗎？

可能我們年紀大，不明白現今年輕人的想法。

但是，我年紀輕的時候也沒有認識過去「麥當勞」會黑面的女生呢？

我也沒有做過去麥當勞會黑面的女生。

那時候「麥當勞」是拍拖勝地啦，我試過和一個女同學在「麥當勞」約會，

我們買了一個巨無霸，然後看誰的口比較大，可不可以把巨無霸一口咬到底。

很無聊呢。

青春就是無聊。

「麥當勞」的包你最喜歡哪一種？

我？魚柳包。

你不是喜歡那個麥芝蛋嗎？

麥芝蛋是早餐，魚柳包是全天候。

真不明白為甚麼你會喜歡吃麥芝蛋，茄汁、芝士，白色一團不知甚麼，

難吃呢！還推薦給我吃。

大家口味不同吧，況且給你數落了之後，每次想再點麥芝蛋，

都想起你這番話，不吃了，怕了你，現在吃豬柳蛋。

你以前不喜歡豬柳蛋，說它很 heavy。

你喜歡嘛，吃你喜歡吃的，感覺和你更親近。

這可以是廣告橋段。

你記得我們第一次去麥記是甚麼時候？

我們很久沒有去「麥當勞」吃早餐，不如明天去？

即是不記得啦？

最多你吃麥芝蛋，不笑你。

問你哦，記不記得我們麥記的第一次哦？

「麥當勞」幾好呀，可以給情侶製造回憶。

我們第一次去「麥當勞」是……

瑪嘉烈這一晚失眠，睡不着的時候最喜歡和大衛 Pillow Talk。

瑪嘉烈記得那次他和大衛去「麥當勞」點了一客雞翼、一客麥樂雞、一杯中可樂、一支飲管，兩個人。

人一飽暖便思淫慾，生活上順風順水便會身痕心癢。

44

共患難

陪我說話。

你想說甚麼？

03:59

如果我有絕症，你會怎樣？

都叫你不要看那些 On Call 38 小時，還要看得那麼投入。

是 On Call 36 小時才對。

是但啦。你有絕症，你會告訴我嗎？

你又說得對，我可能會扮變心，和你分手，不告訴你。

你還看韓劇，真的中毒了，你會自己躲上深山等死嗎？

說不定的，不想給你負累。

你太看得起絕症，現今科學昌明，轉眼會醫好，況且有完善的保險，

想成為負累沒那麼容易。

心理上的負累，沒保險吧？

心理上的負累……我想像不到會如何？擔心你不會是負累，

如果你覺得你的情人遇上不如意的事情，對於你來說是負累，你根本不愛他。

又未至於不愛，不太愛吧，要不也不會出現「大難臨頭各自飛」這句說話。

仆街是總會有的，我也聽說過有朋友發現自己有腫瘤，告訴了情人，那位情人隔一天便執了包袱，走得無影無蹤。

真的嗎？那麼激動？

應該是有精神病，一點刺激也受不了，都好的，明知自己受不了，一走了之，總好過給你一起共患難的希望才走人。

你會不會也經不起這些刺激？照顧病人是很煩的，花時間不特止，心裏、腦裏也沒有空餘的位置。

我的精神容量是很大的，擔憂你的身體比擔心你會愛別人更有意義。

你寧願我生病也不想我出軌？

不是說寧願你病，只是有時會想，一對戀人若果有一點這些小風浪、小障礙是好的，人一飽暖便思淫慾，生活上順風順水便會身痕心癢；

當然有種更差的是不飽暖也思淫慾，有些小不幸可能可以撚住那些身痕的細胞；有依賴愛人的需要便不能逃走。

寄望上天會降下霉運來幫你留住情人，說起來我也有過這樣的想法。

以前發覺大家感情一天比一天平淡，他的心又好像不在我這兒，我有想過希望他生意失敗，那麼我們就有機會從患難之中重建這份感情。

要去到OK絕望的階段才有這種想法。但是，你要有負擔得起的能力才許這個願，萬一給你夢想成真，他真的生意失敗，破產，問你借錢，你肯定自己會借才好。

我會的，對於很愛的人，只會千方百計把他留低，怎會介意這些。

你會不會製造一些令情人需要你的需要？

這種需要難造過iPhone 8，況且情人因為需要你才留低，愛極你都有限。

需要你有甚麼不好？需要你的愛，需要你的支持，需要一個人是構成愛上那個人其中的一個原因，阿貓、阿狗、菲傭愛你，

愛一個人只希望他愈來愈好，太愛一個人則說不定，瑪嘉烈暫時不會希望大衛生意失敗。

最敵不過男人的是男人，
男人一旦變了基佬便不會再想跟女人一起。

45

男或女

陪我說話。
你想說甚麼？

03:59

若有第三者，你寧願那是男還是女？

你的第三者還是我的？

我的。男或女會令你覺得易接受一點。

你變心，這件事本身都難接受，不過為女的變心比為男的好。

為甚麼呢？你不會覺得我跟你一起是假的嗎？不會影響你的自尊心嗎？

我的自尊才不會那麼便宜。而且，你和我一起很投入嘛，怎會假？

反而你跟女的一起，我只會覺得你一時迷失，你照鏡看看，

哪一部份的你像 lesbian？

你很了解同性戀嗎？認識很多 lesbian 嗎？

我不了解也不認識，我只知道你很喜歡男人。

很喜歡男人不可以喜歡女人嗎？雙性戀聽過沒有？

聽過，我甚至贊成人類應該是雙性戀的。

但是，很多女人最後都是選男人，她們偶然彎一下只是好奇，或者在男人那邊太疲累，想take個break，最後都是敵不過男人的胸膛。

不要裝專家，總有離開男人之後不回頭的例子；最敵不過男人的是男人，男人一旦變了基佬便不會再想跟女人一起。可能他們本身連雙性戀也不是，根本是基的，用女人來做掩飾，適當時候才出櫃。

哈哈，如果我有第三者，是男的，你又接受到嗎？

說真的，我會替你高興，人最緊要是忠於自己。況且為男的變心是另一個範疇，比美貌變成比體力，不同遊戲規則，你喜歡他的原因和喜歡我的原因不會一樣，我不會有被擊敗的感覺。

你不傷心嗎？不會覺得我欺騙你嗎？

不，你和我一起很投入，不會假的，我知道女人之中你最愛我。

說得真的一樣，我不是基的呢！

不要裝蒜了，你說人類應該是雙性戀，怎麼那麼堅定地說自己不是基，你試過嗎？可能只是緣分未到。

緣分先好，你很想我變基嗎？還是你想變les？想公平一點？

說不定的，可能有一天我會和女人一起，你和男一起，到時你要記住，男人之中我最愛你，女人之中你最愛我。

那麼……那邊完事之後，我們再可以在一起嗎？

男人變了基佬很難回頭的，到時你不會再想要我了。

也不一定的……

想得那麼認真，你說你還不是想試試？人少少，認了吧。

瑪嘉烈這一晚失眠，睡不着的時候最喜歡和大衛 Pillow Talk。

03:59

感情世界好像很廣闊，但我們要找的只是一個人，找到對的人之前，為甚麼總要先找到錯的人？

我喜歡忌廉蘑菇湯就是喜歡忌廉蘑菇湯。

46 金寶湯

◉ 陪我說話。

○ 你想說甚麼？

03:59

如果我好像那個十四巴港女，發狂的摑你，你會怎樣？

曾經有個當醫生的朋友跟我說，精神病是無法根治的，

所以如果萬一跟一個精神病患者戀上了，為自己安全，最好分手。

說真的，如果你是那個狀況，我會和你分手。

我有精神病你便不愛我嗎？

如果你的精神病是有暴力傾向的話。

很多癡男怨女，沒有精神病，吵起架來都會互劈，暴力傾向人人都有。

總之你摑我，我便和你分手。

如果是你自己不對呢？

有甚麼不對也不應該動手。

那會不會報警？

不會，分手算了。

如果我只是控制不了情緒，躁狂症，你又會怎樣。

首先，我一定會制止你，不會像那個男子任你擱，那個男的也有病。

如果你是因病出手，我還是會先帶你看醫生。

你有沒有試過打女人？

當然沒有。有沒有男人試過打你？

……我們有打架。

吓？你真的會和男朋友打架？甚麼情況？

初則口角，繼而推撞。

然後呢？

然後，我把他推出門口，之後分手。

似乎你很容易分手。

不對路便分手，不要浪費青春。

你總共戀愛過多少次？

很難數，很多次。

即是你很容易分手，也很容易戀愛。

對，要多試才知道自己需要甚麼？

一定要多試嗎？你自己也不了解自己麼？

我了解，但戀愛是雙方面，有時好的對手會令你了解自己更多，

然後發現原來自己不只是自己想像的樣子。所以，戀愛都幾好玩。

那麼你和我一起，還是在繼續試嗎？

我戀愛了十多年，完全變態加不完全變態也試過很多次，

用一個充滿各類戀愛經驗的靈魂來跟你一起，今次試的成分少。

真的不明白，為甚麼可以和那麼多不同類型的人戀愛。

金寶湯也有很多款口味，不多試一點怎會知道自己還是喜歡字母湯？

不要說在確定金寶湯之前，市場上還有地捫牌、S & W……

我喜歡忌廉蘑菇湯就是喜歡忌廉蘑菇湯。

難道你沒有試過粟米湯嗎？一出世便開始喝忌廉蘑菇湯？

我只是會試不同品牌的忌廉蘑菇湯，不會又試番茄湯、露筍湯、洋蔥湯。

你不覺得很悶嗎？

誰告訴你我是一個很精彩的人？

悶的人通常都很專一。

不是的，我會喝忌廉蘑菇湯、忌廉蘑菇粟米湯、忌廉蘑菇洋蔥湯……

那麼我是忌廉，還是蘑菇？

你？你當然是湯，湯底是很重要的，無論甚麼料，湯底很少換的。

你甚麼料啊……

瑪嘉烈這一晚失眠，睡不着的時候最喜歡和大衛 Pillow Talk。

大衛通常都沒有甚麼出人意表的答案，但能夠給你帶來驚喜都是過眼雲煙，現在的瑪嘉烈不需要那麼多驚喜了。

不同階段便認識到不同的人，
我想像不到由十五歲到五十歲都和同一個人一起
會是一件怎樣的事情。

47

心中劍

◯ 陪我說話。

◉ 你想說甚麼？

03:59

你有沒有試過爭女仔？

怎麼爭法？

從別人手中搶過來。

橫刀奪愛？我可沒有這把刀。

找到喜歡的，你不會爭取嗎？

幸福要爭取，我是明白的，但並不是從別人手中搶過來，奪人所愛恐怕有報應。

信不信由你，有緣的話，那些所謂競爭對手便會自自然然消失的。

況且，我連追女仔也有所保留，何況要搶？

不是嘛，你沒有追我嗎？愛情不會無端端由石頭爆出來的，有些人不主動出現在面前，根本不會有機會認識。

你是例外。主動走出一步已經夠，對方有意思的便會有反應，沒有意思，主動多少次也是沒有用的。

不是的，有些女子喜歡扭毛巾，扭呀扭，扭多兩扭便有興趣。

我沒有這種耐性，對一個人的興趣可以培養出來的嗎？

可以的，就算真的天生一對也不會一下子感覺到，我也試過一開始便打得火熱，是他了，是他的了，過不了幾個月又發覺好像欠了點甚麼……有一些，起初感覺好像一般，但慢慢相處下來，又會發現原來很投契；所以說不定的。

你有沒有試過一見鍾情？

嗯……好像沒有。可能我的喜好都十分飄忽，不同階段便認識到不同的人，我想像不到由十五歲到五十歲都和同一個人一起會是一件怎樣的事情。

如無意外，人是會一直成長的，十五歲認識便由十五歲一起成長。說的容易，有許多人長高不長腦，最好就是在不同階段認識不同的人，比較有效率。

那不是辦法的。

我也想一直相愛，如果緣分安排是一直要和不同的人談戀愛，我也沒有辦法。

又不必要那麼消極，可能我們可以一直相愛呢。

如果有一天有人把我搶走了，你會把我搶回來嗎？

這樣子的話，我唯有出手。

又說不去搶？

那不同，不是我搶別人的，我只是拿回我應得的。

如果我已經變心呢？就算搶了回來，得到人，得不到心。

假如是這樣的話，我便不要了。

那麼容易放棄？

老實說，你想我放棄還是不放棄？我是可以配合你的。

不知道，等有人把我搶走，我再告訴你吧；你會不會為我和別人大打出手？

吓？你看看我的樣子，知我讀過書，怎會和人打架，我手中無劍，心中有劍。

如果我告訴你我喜歡情人為我爭風呷醋呢？

怎麼？看到男人為你打架你會興奮嗎？

有一點點成功感。

瑪嘉烈。

甚麼？

有相熟泰拳師傅介紹嗎？

瑪嘉烈這一晚失眠，睡不着的時候最喜歡和大衛 Pillow Talk。

被人橫刀奪愛，為甚麼我們總會先去遷怒奪愛的人？
如果那顆心是向着你的話，怎樣也奪不走的。

一段關係裏面，一定要有一個人比較落力。

48

愛火花

陪我說話。

你想說甚麼？

03:59

你問過情人最愚蠢的問題是甚麼？

當年有個女朋友要和我分手，我們在電話聊了一整晚，完全不明白，都要分手了還有甚麼好聊？到了最後我問了她一句：「你還愛我嗎？」她很快便答：「不愛了。」她這樣一答，我立刻後悔問了那個蠢問題，人家都要和你分手，當然是不愛啦，還問？

那為甚麼還明知故問？

想確認，其實我知道心底裏我對她的愛很有限，但又習慣了和她一起，享受她的愛，她提出分手總有點不捨得，但又覺得是一件好事，她提出分手令我有點震驚，明明她很愛我……

你給人搶了頭啖湯，一時招架不來。我曾經問過人，是不是無論發生甚麼事都會愛我？這個問題也十分蠢。

你這個問題很正常，很多女人都會問，不蠢。

問題本身不蠢，但是背後的想法蠢。類似這些問題得到的答案都是：愛、會、好，難道會說不會嗎？只不過是自己想聽到一些漂亮的謊言，明知假的，但愛聽，自己騙自己就是蠢。

想令自己有安全感，也不算甚麼蠢事。

這幾乎是沒有可能發生的事，怎會要求一個人無論發生甚麼事都愛自己？

難道我欺騙他，他也會愛我嗎？但是，情到濃時當然甚麼甜言蜜語也說得出口。

我現在問你王菲和我，選哪一個？你一定會選我，但是你內心一定在想王菲。

吓？不是嘛，為甚麼會有王菲出現，我不喜歡她的，太出世了，怎及得上你平易近人？有時你要相信這些不是為逗你高興才說的話，情到濃時眼中只有你，說的當然是真心話。你是疑心太大，還是對自己沒有信心呢？

我是比較清醒。情到濃時說的真心話，但是未必可以持續到以後。

應該先享受了這一刻的火花，想得太遠，火花也錯過了，多麼不值得。
再說，火花也只是燒一會兒，要好好看清楚才對。
火花一定會燒光的嗎？
當然啦，不會每時每刻都在熱戀。
燒光了然後怎辦？
火花燒光了便再去斬柴，然後鑽木取火，再燃燒火花。
甚麼？
再去經營下一場火花。
一定要經營下去的嗎？
也不一定的，但我看你似乎都需要很多火花，不可以太快歸於平淡。
不要裝作了解我，我不需要很多火花，而且兩個人之間的化學作用，是不能刻意製造的。

◉ 未必是刻意製造，但是一段關係裏面，一定要有一個人比較落力。

○ 那個會是你嗎？

◉ 你這個又是明知故問的蠢問題了。

○ 想聽你的甜言蜜語。

◉ 那你多點問，我多點說。

瑪嘉烈這一晚失眠，睡不着的時候最喜歡和大衛 Pillow Talk。

瑪嘉烈和大衛之間的火花可以燃燒多久呢？瑪嘉烈一點也不擔心，大衛一定有方法的，但瑪嘉烈更希望的是她可以和大衛細水長流。

am
04
30

期待喜歡的人出現是一件快樂的事情，尤其是肯定不會落空的期待。

49

簡單愛

陪我說話。

你想說甚麼？

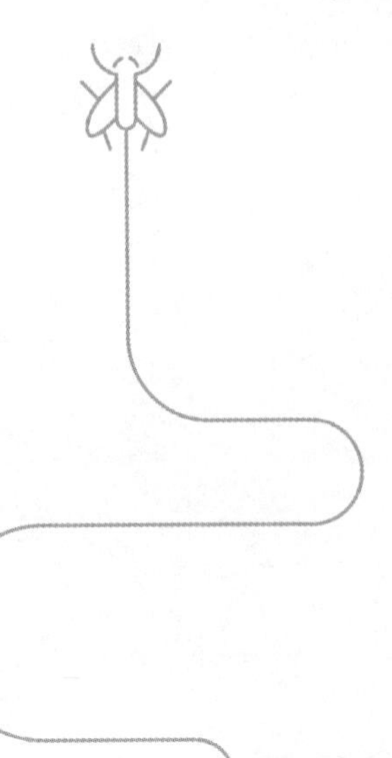

你可以問我一個問題。
甚麼問題？
你有甚麼想知，我都會答。
哦。你跟我一起，甚麼時候覺得最開心？
吓？就這樣？為甚麼不問一些私隱度高一點的？
我個人不太八卦，我只想知快樂的資訊。
OK……最開心，最開心逼到你做一些你平時不會做的事，
例如吃榴槤呀、做運動呀……
變態！為甚麼不是送禮物給你？和你去旅行？
你肯犧牲才覺得你愛我，覺得你愛我是最重要的；
送禮物、去旅行這些太簡單。
我吃榴槤就是犧牲？

對，放棄自己的固執是犧牲的一種，至於放棄甚麼就能顯出犧牲的程度，犧牲的程度反映你有多愛我。

不肯戒煙但我可以為你擋風遮雨，也不算愛你嗎？我愛一個人，我不想改變她，我相信愛除了犧牲還有其他方式表達的。

那一定，但你問我甚麼時候最開心嘛，看到你為我做一些平常不願意做的事，我特別感覺到你對我的愛。

那我不懂編織，但專程走去學，然後送一條溫暖牌頸巾給你，你覺得怎樣？

除非你很討厭編織也為我去做，否則意義不大。不過，男人不應該編織，那是女人做的，況且非到落雪我也不戴頸巾，穿毛衣我又會敏感；送禮知道對方不喜歡甚麼，比知道他喜歡甚麼還要重要。

你送甚麼給我，我也喜歡的，就算得物無所用，因為當你選那份禮物時，你是想着我去選的，這是那份禮物的最大價值。

你收過最喜歡的禮物是甚麼？

沒有哪一件，我喜歡那個人，送甚麼給我，我都喜歡。

怎麼啦，總有一兩件特別合心意吧。

我頭痛時你買給我的必理痛，肚餓時買給我的外賣……那些我都很喜歡。

養你真的很易哦。

對哦。

那你跟我一起，甚麼時候最開心？

接你放工的時候。

放工我開心啫，你都開心？

期待喜歡的人出現是一件快樂的事情，尤其是肯定不會落空的期待。

接你放工，你一定會從辦公室的大廈走出來，就算有時不太準時，

我總會等到你，可以享受期待的過程，很快又會有成果，實在是太快樂了。

然後，一起回家，沒有比這更幸福的事情。

我也喜歡和你一起回家的感覺，一定比溫暖牌窩心。

編織只是舉一個例，男人是做大事的。

你的大事就是接我放工吧。

你又說得對。

瑪嘉烈這一晚失眠，睡不着的時候最喜歡和大衛 Pillow Talk。

大衛所有的答案都好像很簡單，
但可以那麼簡單地投入喜歡一個人，是一件不簡單的事情。

當想要的得不到，唯有去想不要甚麼，
總有一條路可以令自己快樂的。

50

不想要

陪我說話。

你想說甚麼？

04:30

有沒有想過自己會得到甚麼？

得到甚麼？

目標、志願、理想、人生，有沒有想你過的是一個怎樣的人生？

要從哪一個階段說起？中一那年我已經開始想這個問題。

從中一說起吧。

那時候，我想家裏可以養一頭狗，因為在學校感情比較好的幾個同學，不知怎的，忽然陸陸續續養起狗來，他們談起狗的時候都很興奮，我覺得如果我不能加入討論，好像和他們有距離。

不過，在我家養狗是不可能的事，這個養狗的欲望只能存在空氣中，我開始想人生真是不由自主。

年紀小，很多事情也不可以自己作主。有沒有因為沒養狗，所以和那些同學疏遠了？

也沒有，好歹也到了畢業後才疏遠，但我總覺得如果當年我也有一頭狗，我們的友誼應該可以再深厚多一些。

人生就是這樣，總會有很多原因窒礙感情的發展，包括客觀因素。

總有一些是可以成真的。

就算你想要的是很簡單，偏偏就是得不到，到了得到的時候，根本不想再要。

對，總有一些計劃可以進行的，一步一步，總可以理想達到，不過遺憾少不免。

這養不了狗事件是一個遺憾？

它令我更早感覺到甚麼是無能為力。

嗯。我也有規劃過我的人生，我也想過三十歲前要結婚，

怎知一到三十歲便分手，不要緊，以前的當粉筆字抹走，從長計議。

當從「想得到」這個方向得不到甜頭，我開始從「不想得到」的方向去想，

想想自己不想做甚麼，不想要甚麼，結果好像比較容易控制。

不要甚麼？

我不要變肥婆、我不要不愛我的人、我不要小朋友、不要為工作而工作。

當想要的得不到，唯有去想不要甚麼，總有一條路可以令自己快樂的。

那麼你認識我之前，你有沒有已訂下不要些甚麼？

不想要爛桃花。

但是不是爛桃花要一段時間才知道，你怎麼肯定我不是爛桃花。

誰告訴你我已肯定，現在還是觀察階段吧。

還是觀察階段？

對，只是過了試用期，還要慢慢觀察。

其實，臨睡之前應該聊一些輕鬆一點的話題，你明天想吃甚麼早餐？

我想吃牛肉粥、腸粉、炒麵……你呢？

我不要和肥仔拍拖。

瑪嘉烈這一晚失眠，睡不着的時候最喜歡和大衛 Pillow Talk。

04:30

命運就是你想要的總是得不到，當你不想要時，它又會出現在你面前。大衛勸過自己無數次不再追尋愛情，偏偏瑪嘉烈又出現，他唯有說服自己，今次是真的。

回憶不一定是做過那件事才算回憶，
甚麼也沒做都是一種回憶。

51 大除夕

陪我說話。

你想說甚麼？

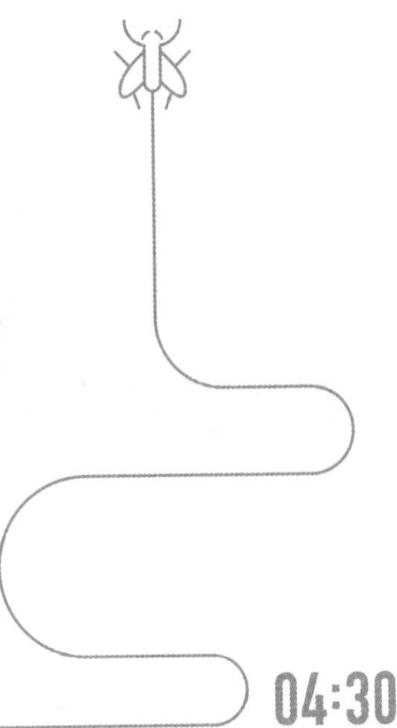

我們去哪裏倒數？

倒數？要特別去甚麼地方嗎？

不需要特別的地方，但總要倒數的。

在家不好嗎？

可以的，你怕人山人海我們便留在家吧。

但是你喜歡熱鬧，如果你有朋友約你倒數，你隨便去，我真的沒有所謂。

怎麼可以不和你倒數？

我沒有甚麼感覺的，年年都是這樣過，沒有甚麼特別要送走，

也沒有甚麼特別期待，倒數這些活動都是給人狂歡的藉口。

你以前一直都沒有在大除夕倒數嗎？

是有的，我還去過時代廣場倒數，正牌紐約那個Times Square。

嘩，你不怕人多嗎？

那時候不怕，而且第一次去旅行便去那麼遠。

在那邊倒數一定很熱鬧。

我真的想不起我是如何在寒風中的戶外待上幾小時的，

為的是等那個在帝國大廈的蘋果滑下來，想起真的超無聊，

我的人生並沒有因為經歷那個蘋果倒數而特別起來，一世也不會再去的。

只是一個旅遊項目吧。

你知道嗎？更好笑的是在現場根本不知道甚麼時候搭正午夜十二時，

也沒有5、4、3、2、1的提示。我記得當時忽然聽到從後面傳來鼎沸的人聲，

我回頭看看甚麼事啦，只看到那些鬼佬瘋狂地歡呼，到我再回頭時，

那個蘋果已經差不多滑了下來，原來是開始倒數最後5秒。

吓?!山長水遠去看倒數，就這樣錯過？

也沒有甚麼錯過不錯過，大抵也看到兩秒吧。

如果是我一定嬲死。

有甚麼好嬲？看了兩秒也算看過，不一定要全程參與的。

所以你對倒數便沒有感覺。

都不過是一個節慶，大除夕每一年都會有的。

今年的很有意思呢，他們說橫跨一三一四，即是度過一生一世。

你甚麼時候變得那麼少女？一生一世不是用來開玩笑的。

輕鬆點也可以一生一世的。況且你未必每年都和我過，

可能你今年會識過另一個，明年在你身邊的便不是我。

那麼這個一三一四更沒意思。沒有和你一起倒數過，

那麼我和你在大除夕的回憶就是未曾倒數過，

回憶不一定是做過那件事才算回憶，甚麼也沒做都是一種回憶。

你這樣說，甚麼也不用做啦？

不是真的甚麼也不做，以倒數為例，

進入元旦的那個鐘不一定跟其他人一樣，

我們的5、4、3、2、1可以比別人遲、比別人早，

跨越一三一四可以每個月，甚至每天都跨一次。

看來你比我還更浪漫。

能夠和喜歡的人一起，值得每天都在心裏5、4、3、2、1，不是嗎？

現在便倒數吧。

3、2、1……睡吧。

瑪嘉烈這一晚失眠，睡不着的時候最喜歡和大衛Pillow Talk。

如果只是倒數一下便可以過渡一生一世，
大衛一定會和瑪嘉烈倒數，一次、兩次、三次，一直數下去。

美滿的時候怎會去懷念昨天，
太平盛世沒有人會聽失戀歌的。

52 原地跳

陪我說話。
你想說甚麼？

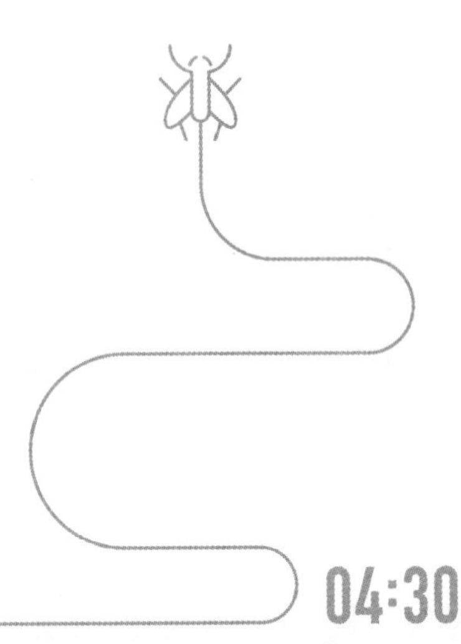

當沒有乘客的時候，你如何決定把的士駛往哪個方向？

唔……沒有甚麼準則的，看看路面情況吧。

會不會突然心血來潮想去一些地方？沙灘、山頂之類，當自己遊車河。

有時啦，主要是想去哪裏食tea、食飯，這個考慮得最多。

你會不會有時想再去我們到過的地方？

我們去過的地方都有機會再去，沒有甚麼特別，

而且這些緬懷的動作只適用於感情有問題的時候，

美滿的時候怎會去懷念昨天，太平盛世沒有人會聽失戀歌的。

我會的。有時想起你，我會自己一個再去我們去過的地方，到過的餐廳，

吃回同一款食物。

你是那麼浪漫的嗎？

對，會覺得很溫暖的；有時走在街上也會看看周圍的的士內是不是你。

下次你這樣做的話，不如拍張照片傳給我，

我想知道你想念我的時候是甚麼樣子。

讓我考慮一下。那麼，你想念我的時候你會怎樣？

我會告訴你，我想念你，直接告訴你不好嗎？

不是不好，只不過每次都是“I Miss You”，“I Love You”，聽得多，

那跟早晨和晚安沒有分別的。

嘩，你的要求都相當高，還是有太多太多人對你說“Miss you, love you”；

但對我來說那兩句話我不是隨便說的，不是順口開河，也不是慣性動作。

我是想讓你知道我的心有你。

好吧，我明了。但是，你還會做些甚麼嗎？

我想知道你有多想念我，那是可以反映在行為上的。

你要知道我會做哪些傻事嗎？肯定？

快說。

我不太想告訴你，你會說我變態的。

怎樣啊？你會穿我的衣裳嗎？

我沒有易服癖。我想念你的時候我會……

會甚麼？

我會……原地跳。

原地跳？？

對，你經常游水、跑步，平均心跳一定比我快。

我想和你的心跳得一樣快。還有，我會一邊跳一邊幻想你看着我跳，那麼我便會跳得更高，然後在心裏叫着你的名字：瑪嘉烈瑪嘉烈瑪嘉烈，就會有無比的動力一樣，愈跳愈高。

很特別，你會跳多久？

大概……大概一分鐘。

一分鐘？

對，那麼劇烈的運動做一分鐘已經累了。

你只有一分鐘的時間想念我嗎？

每天劇烈地想你一分鐘，我相信除了我，沒有人會做到。

因為沒有人如你般無聊。

不是無聊，這是浪漫。

是浪漫中有點變態。

而我是會繼續跳的。

直至……

瑪嘉烈這一晚失眠，睡不着的時候最喜歡和大衛 Pillow Talk。

每天用一分鐘專注的想念一個人，並不是一件簡單的事，
大衛希望可以由一分鐘加到兩分鐘、三分鐘，
直至追到瑪嘉烈的心跳。

如果你知道怎樣可以令到那個人開心的話，
多做一點有何不可？

53

心形牛

陪我說話。
你想說甚麼？

04:30

你有沒有吃過或煮過心形牛扒？

那麼邪惡的東西，幸好還沒有遇過。

為甚麼是邪惡呢？

心形牛扒好像冒牌哥基犬一樣，為了得到一雙矮腳故意混種而得出來的。

你會不會太誇張？牛扒本質還是一樣，只不過形狀不同。

那麼像方形西瓜，明明是圓但變成方，牛扒依紋理切長形，但硬要來個心形，

吃起來會真的心心相印嗎？

你就是妒忌人家甜蜜。

你真的覺得心形牛扒甜蜜？

對啊！為甚麼不？戀愛中的情侶一起發呆也甜蜜。

那便一起發呆好了，心形的東西很俗氣呢！不要告訴我你煮過心形牛扒。

你少來扮有型，那些 WhatsApp 的心形 icon 不是心形嗎？你傳得不亦樂乎。

那不同啦，不是實物，你真的煮過心形牛扒？

不只心形牛扒還有心形蛋糕、心形蘋果……

你一定很愛那個人。

我只是配合。

怎樣配合？

因為我發現對方很喜歡心形的東西，他送我的第一件禮物是一個心形的吊咀，他送得給我，理應他也喜歡，於是他生日的時候我便送了他一個心形蛋糕，他開心得不得了，我便繼續送他不同的心形禮物。

你這叫投其所好。

如果你知道怎樣可以令到那個人開心的話，多做一點有何不可？

況且這只是很簡單的事情。

你不會覺得男人之家喜歡心形有點變態嗎？

喜歡心形最多只是不夠型，總好過喜歡周圍溝女。

但如果你本身不喜歡心形呢？那不算勉強自己嗎？

我喜不喜歡不重要，對方喜歡才是大前提，

如果心形那麼簡單的東西都要求兩個人要有一致的見解，那實在是太多餘，

放低自己對心形的偏好，換到大家的快樂，那麼簡單都不做便笨了。

那個心形男真幸運，後來又怎樣呢？

後來……後來我看到他有一個用一百蚊紙摺成的心形，我叫他教我摺，

但他只是一味推搪，我就想他應該不懂得摺，那個心形是其他人送給他的。

有時投其所好也未必有效果。

戀愛在不知道結果是怎樣的情況下也一定要 make effort 的，

至少我送他心形的時候我也開心過，只不過他也喜歡別人送他的。

心形襯他，那麼花心。

由他吧，都不是太重要。

好像你也不太喜歡他。

也沒有甚麼深厚的感情，只不過想起心形總會想起他。

你怎麼會想到心形牛扒呢？

情人節快來了便不期然想起這些東西。

哦……情人節……你打算煎心形牛扒嗎？為甚麼情人節總會想起牛扒，

吃雞、吃魚不行嗎？

我們去打邊爐吧。

好呀，熊熊愛火鴛鴦鍋。

太俗氣。

瑪嘉烈這一晚失眠，睡不着的時候最喜歡和大衛 Pillow Talk。

其實大衛也不是那麼討厭心形，如果瑪嘉烈煎心形牛扒給他，他一定會很高興，而那種高興會是發自內心的。

未曾一起已經要偷偷摸摸，這段關係注定沒有前途。

54

三四個

陪我說話。

你想說甚麼？

04:30

如果你喜歡一個人，但她是有男朋友的，你會怎麼辦？

當見到流星的時候，我會趕緊許願，希望他們快點分手。

如果她也喜歡你，然後告訴你他們的感情已瀕臨死亡邊緣，但希望先和你暗地裏交往，你會願意嗎？

唔……可能首先我不會讓她知道我喜歡她，這樣便省卻許多麻煩。

按捺得住嗎？

不知道呢，喜歡人未必要表白，有時不表白可能那份曖昧還可以長久一些，一說了，人得不到，連幻想也沒有了。

那樣想的話你是不會得到自己喜歡的人，幸福要爭取的。

但是，要破壞別人的幸福來讓自己幸福，我是辦不到的。你會要求對方分手，和自己一起嗎？

我做主動叫他分手，我便是衰人，我才不會這樣做，真的喜歡我，對我認真，

自然會了結上一段戀情和我一起；未曾一起已經要偷偷摸摸，

這段關係注定沒有前途。

一定要對方回復單身才可以一起嗎？

這是基本的要求吧，我不會和別人分享男朋友的，

不過若果他已經結了婚的話便請早回家，不要胡思亂想。

為你離婚也沒有用？

離婚應該是自己的選擇，不要說是為了誰，

有些男人就是喜歡找第三者來做擋箭牌，連面對自己做負心漢的能力也沒有。

又或者永遠對那第三者說，快離婚了，快離婚了，結果三年又三年，

還是跟老婆一起。

但是，有些女人又甘心三年又三年的青春給浪費掉，也怪不得其他人。

對，所以事情都是自己的選擇，我是不會難為自己的。

你不會難為自己，那麼你會同時喜歡兩個人嗎？

我怎麼只同時喜歡兩個，我會喜歡三個、四個，不過我只會跟一個人在一起。

那更衰，和一個人一起同時心裏有其他人。

我不相信一個人心裏只有一個人，多多少少有其他人的參與，

只不過看看比重如何分配。大衛，你放心吧，跟得你一起你的比重就是最多。

只不過，不知道甚麼時候你心裏的三個、四個忽然會人氣急升。

你要對自己有信心。

你信不信我心裏只有你一個。

不知道，你要證明給我看。

你想我的心裏只有你一個嗎？會不會覺得我的心裏也有三個、四個會公平一點。

愛情的世界是沒有公平的，我的是我的，你的是我的。

瑪嘉烈這一晚失眠，睡不着的時候最喜歡和大衛 Pillow Talk。

04:30

大衛不肯定瑪嘉烈心裏究竟有沒有三、四個，大衛都不在乎，因為排第一的是他；至少現在是。

我們根本無法知曉情人的心中究竟最愛是誰。

55

一個橙

陪我說話。

你想說甚麼？

04:30

嗯……一人說一句唐詩。

甚麼？唐詩？床前明月光，多送一句，疑是地上霜。

又是這一句。

到你。

你會不會永遠愛我？

這是唐詩嗎？

我問你呀。

當然，我會永遠愛你。

吓？那麼容易？

為甚麼不？

永遠喎，永遠是一生一世，很長的，那麼順口，你不用想清楚嗎？

如果我死了呢？怎麼辦？

首先，一生一世沒你想像中那麼長，第二，你死了，我會一樣愛你。
不會，你會再找到另一個你愛的人或者一個很愛很愛你的人。
就算我再和另一個人一起，我對你的愛也永遠會藏在心中，藏了在心就不會變。
再找一個人，即是你不只愛我一個。
因為你已經死了，死人之中只愛你。你愛我，也想我生活如常，找個人愛，不對嗎？
你說會愛我一生一世，那你給我的愛應該很多，愛到那麼深但又那麼容易愛上另一個人？
我只是不排除會和其他人一起的可能性，有時候不是你想不想找個人的問題，而是命運安排好了，忽然之間就會出現。好像我和你，我也沒有預計生命中會遇到你，還不是遇上了。
為甚麼？你預計你生命中沒有戀愛的嗎？

不是，戀愛當然有，但遇見你之前，戀愛不是這樣子。

是怎樣呢？

就是一般的戀愛，互有好感而在一起，過程之中沒有想過和這個人的未來，

五年、十年不在話下，連明年會否一起在除夕倒數也不肯定，

只是覺得來日方長，先從拍拖之中了解一下大家吧，有一天便過一天，

之後便自自然然的覺得不適合。但認識了你，覺得有種很踏實的感覺，

覺得「就是你」，好像在超級市場揀橙，一手便揀中一個皮薄又墜手的一樣。

但是，如果我死了，你還是會再認識另一個。

還是這個問題，都說可能會，可能不會，但你要知道就算我再喜歡另一個，

再和另一個人一起生活，我最獨特的愛已經給了最獨特的橙，不會有人再得到。

那麼你對我的繼任人真的不公平。

愛，怎會有公平？有時無法超越，怎麼也比不上情人的舊情人就要認命，

而我們根本無法知曉情人的心中究竟最愛是誰，不知道自己得到的是否公平對待，說到底愛人不能計較那麼多。

我是你生命中的橙？

對，生命中不能承受的橙。

嗯。天長地久有時盡，到你。

在天願為比翼鳥……

瑪嘉烈這一晚失眠，睡不着的時候最喜歡和大衛 Pillow Talk。

我們總會遇上一些可一不可再的人與事，
可惜，通常都是事後才知道。
大衛比較幸運，他從一開始便知道瑪嘉烈是獨一無二的橙。

美好的事總要記着，又不是噩夢，
不用執着去忘記，放得低便不怕再想起。

56

幸運兒

陪我説話。
你想説甚麼？

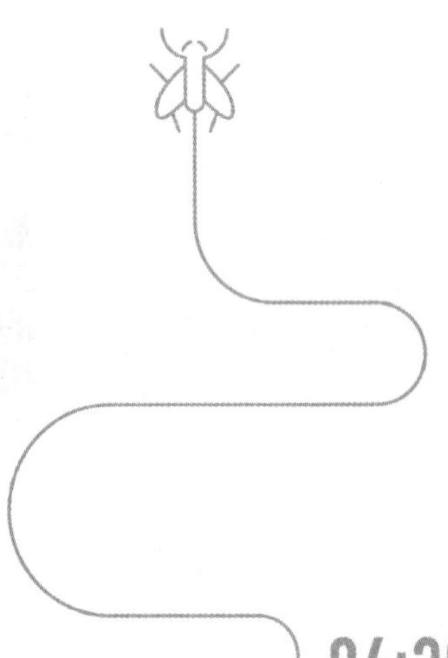

04:30

你最喜歡王家衛哪一句電影對白？

王家衛……不太記得了，沒有腳的雀仔吧。你呢？

《東邪西毒》的對白寫得很好呢，當中有一句：

愈想知道自己是不是已經忘記，反而會愈記得清楚？很好。

啤，許冠傑也一早講過類似的：愈想忘掉你，愈難忘掉你。一樣道理。

你有沒有很想忘記一個人？

有的，但沒有辦法，唯有等時間過。

等時間過很被動，有沒有其他方法？

嘗試不停去想那個人。

吓？

好像怕水一樣，愈怕便愈要去接觸，漸漸便不會怕。

可行的嗎？

至少不要逃避。

你試過這樣做嗎？

試過，一想起那個人便放肆地讓自己去想，拿出所有訂情信物、相片出來重溫，然後逐件逐件再收起來，每做完一次這個動作之後都好像明白了一些。

明白些甚麼？

留念。

留念？

擁有未必是最終目的，有些感情能夠留念已經很好，美好的事總要記着，又不是噩夢，不用執着去忘記，放得低便不怕再想起。

感情不再，還留甚麼念？掛念一個不愛你的人是一件令自己痛苦的事情。

掛不掛念那個人跟他愛你與否並不是掛鈎的，況且掛念總是不由自主，思念來的時候應該好好享受。

這是很難做到的，思念來的時候只覺得自己很蠢，不想再想起。

你還有放不低的人嗎？

我想我已經放低。

放低了便不會介意自己再想起。

因為我現在和你一起，所以我不想再想起其他人，但又偶然都會想起。

想起些甚麼？

想起以前，想起不知道他現在過得怎樣。

那有甚麼問題，想便想吧。

想起變做想念，這是最困擾我的地方。

那麼我容許你的思想出軌一會兒，那便不困擾吧。

你是甚麼人，怎會不介意？

之前已經講過，一個人心裏不會只得一個人，偶爾想想沒所謂的。

愈不介意想起一些人，代表你已經放低；不過你想清楚，

你想起那些或者那個人的時候，你是怕自己還對他有感覺，

還是只純粹地覺得怕對不起我。

如果我對另一個人還有感覺，你會怎樣？

我會……等你對那個人的感覺消失，我不介意你的心不是百分百向着我，

月亮有陰晴圓缺，一個人的心其實都是如此，偶然圓滿，偶然得一半，

只要無論那顆心是一半、1／3、3／4，都是愛著我便沒有問題。

那只得一半、2／3、1／4顆心愛着你，你都沒有問題？

能夠有人百分百愛着你，這不算罕有，

被自己愛的人百分百的愛着才是極度罕有的事情。

你這種想法算是積極還是消極？

太極。

瑪嘉烈這一晚失眠，睡不着的時候最喜歡和大衛 Pillow Talk。

世事沒有完美，愛情更不會完美，
能夠在有缺憾的愛情裏擁有瑪嘉烈，大衛覺得自己是幸運兒。

不喜歡一個人未必一定有原因的。

57

導火線

陪我說話。

你想說甚麼？

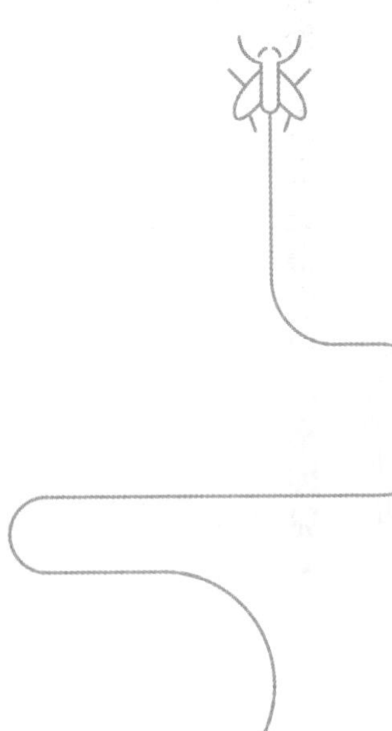

04:30

最好的分手藉口是甚麼？

你這個問題首先假設了分手是需要藉口的。

為甚麼不需要？

想分手一句到尾就是不愛，不夠愛，為甚麼還要藉口？

不是所有人都有接受現實的能力，

有些人是需要一些原因來幫助消化要分手的事實，

況且一句：不愛，好像太沒有責任心。

那也不需要找藉口，藉口不是事實，已經得不到你的愛，連真相也不配知道嗎？

其實不一定有真相，不喜歡一個人未必一定有原因的，就是感覺不對，

但有些人就是不滿足於這些答案。

不過，有時候分手就算真的有導火線也未必想和盤托出，

免得傷害對方太深，高超的藉口是會令被拒絕的人覺得好過些的。

有甚麼導火線說出來是會傷人的？有口氣？有臭狐？

有口氣，有臭狐的話根本不會和他戀愛。

口氣比較明顯，但是臭狐在冬天可以隱藏，到了夏天才出現，防不了的。

我想我應該不會因為臭狐而和一個自己明明喜歡的人分手吧。

那麼你會告訴他，他有臭狐嗎？

為了大家好，應該要告訴他的。

這是很難以啟齒的。

可能先買些止汗劑給他吧，慢慢來。不要拉開話題，最好的分手藉口是甚麼？

想起來，以前有一個女子很喜歡我，主動得不得了，

不過我對她一點感覺也沒有，為了不浪費她的時間，我告訴她，我不喜歡女人。

哈，她相信嗎？

相信，而且對這個原因很滿意，因為不是她不美、她不好，只是我無福消受而已。

這個藉口也真不錯，推卻對方之餘又可以叫對方死了心，

不過用來應付追求者比較合理，已經做了情侶用這個來做藉口，沒有說服力。

你又試過用甚麼藉口來說分手呢？

唔……讀書的時候說要專心讀書，剛開始出來工作的時候說要專心工作，

之後便是諸如性格不合，心裏還有別人，都是不想對方太hurt，

所以包裝一個原因令對方覺得舒服一點。

真的聽了這些原因會舒服一點？你剛才說告訴對方分手真相會傷害對方，

例如是甚麼？分手原因可能跟你那一大籃子的藉口沒甚麼分別。

例如……我吻他的時候沒有感覺，我便知道我不喜歡這個人，

但總不能這樣坦白，所以要一些藉口。

完全不明白你的思維，一定有些地方你不喜歡他，

才會令你吻他的時候沒有感覺。

○不一定的，也可能再有其他原因，但我都已經不想深究，沒感覺便分手吧，編個藉口，大家好落台。

◉就是為了好落台。

○對。

◉有一天你要跟我分手，你打算用甚麼藉口？

○讓我再想想，為你度身訂造一個。

瑪嘉烈這一晚失眠，睡不着的時候最喜歡和大衛 Pillow Talk。

如果瑪嘉烈要說分手，
大衛希望那導火線是瑪嘉烈不再喜歡男人，
那麼至少他可以是她最後一個男朋友吧。

被一個人吸引，
而那人又肯讓你喜歡是一件難度很高也很高興的事。

58

是全部

陪我説話。

你想説甚麼？

04:30

你為甚麼喜歡我？

這個問題……是一個例牌問題，為甚麼人人都要問？

其實你們不知道「喜歡」其實是一個感覺，而感覺是很難解釋的。

感覺得當然可以解釋，你為甚麼憎一個人，你一定可以詳列原因，他樣衰、心胸窄、記仇、口臭、沒有同情心，諸如此類；

那為甚麼喜歡一個人卻說不出原因，這是不合理的，你為甚麼喜歡我？

我不知道，我只知道第一次見到你，我便被你吸引着，那是甚麼吸引着我呢？

我真的不知道，就是你整個人變了磁石、變了漩渦，捲着我。

怎會不知道？喜歡人是有一個pattern的，我有個同事，換了三個女朋友，每個女朋友都是五號嘴、四號面型、三號眼，我幾乎喊錯她們的名字，根本分不清楚。你以前的女朋友和我有甚麼相似的地方？

沒有。

沒有？我是不會相信的。

腿長吧。

看，總有的。

我曾經問過一個人：你喜歡我甚麼？而我心目中預設的答案是：你高大、有才華、有耐性、有常識、有愛心，以為會得到讚美的說話，誰知，我得到的答案是：我喜歡你喜歡我。

喜歡你喜歡我？

對，即是我不喜歡她，她便不會喜歡我，這是一個條件，而這個條件比有車子，有房子其實更加實際。

兩個人，總有一個先採取主動，一見鍾情其實是自作多情的升級版，她喜歡你喜歡她是很正路的思維，喜歡被愛很實際嗎？可能你愛她令她很興奮，覺得愛情很有希望，原本她只喜歡你三分，但你的愛令她喜歡你六分，有甚麼不對？這是實際也是坦誠。

我除了愛她，難道沒有其他吸引的地方嗎？

沒有甚麼比愛更吸引，你自己想想吧。

那你是不是喜歡我喜歡你？

我當然喜歡你喜歡我，因為你喜歡我你會很細心、會很有耐性、會很積極、會經常笑，喜歡我令到你快樂，我覺得自己像你的興奮劑，而我可能甚麼也沒有做，這令我很有成功感；

喜歡你喜歡我和你其他優點是沒有牴觸的。為甚麼變了我在解答你的問題？

你還沒有告訴我，你喜歡我甚麼？

那麼，我喜歡你被我喜歡，是真的。被一個人吸引，而那人又肯讓你喜歡是一件難度很高也很高興的事。

嗯，我期望聽到你讚我含蓄但活潑，執着但和藹，瘦弱但美麗……

吓？前兩個都可以，你也美麗，不過一點也不瘦弱吧，你鋼條型吧！

我的靈魂瘦弱，你不知道嗎？

先讓我睡着，然後我們的靈魂再談一會兒。By the way，我喜歡你的全部。

全部？

是全部。

瑪嘉烈這一晚失眠，睡不着的時候最喜歡和大衛 Pillow Talk。

世上沒有無緣無故的愛，喜歡一個人總有原因，
大衛不知道瑪嘉烈為甚麼會愛上自己，
他只需要知道自己是愛着瑪嘉烈，而那份愛是不需要解釋的。

對着愛的人，那份迷戀是會遮掩所有危險。

04:30

59

幾分愛

陪我說話。

你想說甚麼？

你喜歡愛人，還是被人愛？

你會不會因為對方對你很好，明明喜歡他三分，因而變了喜歡他七分？

你這個問題和我問你的問題，中間有甚麼關係嗎？

如果可以變到七分的話，應該選擇去被愛，

因為你愛的人通常不會給到你很多的愛，不如揀一個喜歡你十分的人，

讓他的熱情、殷勤、細心，增加你對他的喜愛程度，

那便可以兩種快樂都享受到。

這不算是兩種快樂，這只是將A變種，來扮B，變了AB，那是怪胎。

也不一定，有些人在感情初期對對方是採觀望態度，儘管不是十分愛，

都讓他試試愛自己，久而久之，感情便培養了出來；

在發展感情的過程愈來愈發現對方的優點，卒之由愛三分變成愛八分，

到最後自己愛對方還要多也是有可能的。

如果到最後還是自己付出多一點，
那為甚麼不從一開始便選一個自己很愛的人去愛呢？
被不太喜歡的人愛着好像有點欺騙成分，
更不用說和一個只有三分喜歡的人一起，我怕我還未來得及享受他對我的好，
我已經覺得不耐煩。

對着一個愛三分的人，至少可以控制自己付出投入的程度。
對着一個十分愛的人，是高風險行為，不斷的付出，但難以計算回報。

對着一個愛三分的人根本不用控制自己的情感，十分愛一個人的時候才要控制。
對着一個十分愛的人是很難控制的，那種無能為力的情不自禁，根本控制不了。

你嘗試退而求其次去避免自己會受傷害，看到自己喜歡的人，
未開始，先擔心，這樣享受不到戀愛的。

我沒有啊，我不是説我會選擇被愛，我是勸你選擇被愛，因為我怕你受傷害。

我？我不用你擔心，我有自己的方法去避免受傷害，但一定不是退而求其次。

你究竟選擇愛還是被愛呢？

我，你不知道答案嗎？我對着你時那麼情不自禁。

但是，我看不到你無能為力。

我的無能為力收藏得很好。

你不怕受傷害嗎？

怕的，但是沒有辦法，對着愛的人，那份迷戀是會遮掩所有危險，先享受才算，況且誰人可預知結局，說不定今次可以美滿收場呢？

失戀便失戀，至少戀過。

對，失戀便再找第二個，死不了的。

但是，找喜歡的人不同找喜歡的餐廳，不是打開 openrice 就有很多選擇那種。

你去到openrice，都要輸入幾個條件才能為你找出喜愛的餐廳，最重要知道自己喜歡甚麼才知道怎樣去找。

我喜歡的都很獨特的。

每個人都覺得自己的品味很獨特。

不對，應該是每個人都會覺得自己喜歡的人很獨特，萬中無一，天下無雙，失戀死不了，但未必那麼容易找到下一個。

你那不容易受傷害的秘技可否公開呢？

可以，很簡單，就是失戀之後盡快找下一個，萬試萬靈，幾多分愛不重要，三分可以變七分，是你說的；

每個情人的出現總有一個使命，有一些是幫你填補傷口。

……那我的使命是甚麼？

你？當然是陪我說話。

瑪嘉烈這一晚失眠，睡不着的時候最喜歡和大衛 Pillow Talk。

每個情人的出現總有一個使命，瑪嘉烈希望她能夠給大衛最多的快樂，至少在能力範圍之內。

不夠愛那個人自然不想他犧牲太多是正常的。

60 撥千斤

陪我說話。

你想說甚麼？

04:30

你有沒有考慮過不吃肉？

有幻想過，沒考慮過。

幻想之中不能不吃肉嗎？

可能沒有必要不吃肉吧。

也沒有吃肉的必要，吃海鮮、吃蔬菜也一樣可以生存，為甚麼我們非吃肉不可？

如果人類不吃肉，家禽家畜便沒有存在的必要。

製造生命就是為了要毀滅牠們，是不是很變態？

人類在食物鏈的頂端，這是造物主的安排。怎麼？忽然覺得吃肉很殘忍嗎？

看了甚麼紀錄片？

生命真的不平等，有些生命的存在就是為了填飽別人的肚子，

世界有很多人在捱餓，但又有人不斷餵飼禽畜令牠們長脂肪，

因為人類要吃得好。

你戒吃肉的話，我會支持你的。

怎樣支持？你也不吃嗎？

少吃一點吧。

你放心，我不會逼你的。這些行為應該出於自己的意願，

不是用來氹女朋友的手法。

如果我為你犧牲不吃肉，你不會高興嗎？

不會，你不因為我才不吃肉，你應該明白和贊成不吃肉的道德價值觀才不吃，

那是你自己的選擇。

你的要求真的比一般人高。一般女子，男朋友為她戒煙、戒酒，不知幾開心；

但你還要人家明白和贊成戒煙戒酒的價值觀。

有甚麼不對？人做任何事都應該為自己而做。

我覺得為自己愛的人去做一些事情也沒有不對，

而且我覺得這個行為也很sweet，你是那個原動力，有甚麼不好？
為甚麼需要別人做原動力？不能自己給自己的嗎？
最怕聽到便是「我為你疏遠那班朋友」、「我為你不開快車」，
人只需要為自己的選擇負責，你想疏遠那班豬朋狗友便疏遠，不要把我當作藉口。
你害怕伴侶因為你付出、犧牲，可能你不太愛那個人，
所以便不想負那個責任，他做任何事最好不要為你，最好他任何選擇都與你無關。
你說中了一半，不夠愛那個人自然不想他犧牲太多是正常的，
我不想到頭來分手有虧欠的感覺，而根本我沒有提出過那些要求，十分不值。
但是，另一方面我不想在一段關係中覺得太有壓力，
就算我很愛你，你為我這、為我那，我會覺得對方是期望我作同樣的付出，
而問題是，就算我有多愛那個人，
我也不希望因為要維繫那段關係而去改變自己的價值觀。

未必牽涉到需要改變價值觀那麼嚴重，可能作出適當的遷就，

尤其當兩個人一起生活，總有些習慣是需要調節的。

一個人住的時候去廁所不關門，一起住便不可以了。

你的世界是不是真的那麼簡單呢，大衛？

複雜事情簡單化是一項美德。總之，我不會為你戒吃肉，太喜歡吃牛扒了，

到了有一天對牛扒沒有感覺的時候，自然不會再吃。

或者可以先不吃那些瀕臨絕種的，不人道的，例如鵝肝、魚翅、藍鰭吞拿。

你說真的？

真的。

瑪嘉烈這一晚失眠，睡不着的時候最喜歡和大衛 Pillow Talk。

對付一些如瑪嘉烈的愛人要用陰力，付出了也不讓她覺得你付出了，這要有四両撥千斤的技巧，大衛正在努力學習。

書名	瑪嘉烈與大衛的蒼蠅
作者	南方舞廳
出版人	王凱思
出版	香港人出版有限公司 WE Press Company Limited
地址	香港灣仔皇后大道東109-115號智群商業中心14樓
網址	www.we-press.com
電話	(852) 6688 1422
電郵	info@we-press.com
印刷	亨泰印刷有限公司 香港柴灣利眾街27號德景工業大廈10字樓
ISBN	978-988-13267-1-3
出版日期	2014年6月初版　香港 2016年　第二至四次版 2017年　第五至六次版 2019年　第七次版
書價	HK$68